MESSIEURS LES HOMMES

DU MÊME AUTEUR

Dans la même collection :

Laissez tomber la fille.
Les souris ont la peau tendre.
Mes hommages à la donzelle.
Du plomb dans les tripes.
Des dragées sans baptême.
Des clientes pour la morgue.
Descendez-le à la prochaine.
Passez-moi la Joconde.
Sérénade pour une souris défunte.
Rue des Macchabées.
Bas les pattes.
Deuil express.
J'ai bien l'honneur de vous buter.
C'est mort et ça ne sait pas.
Du mourron à se faire.
Le fil à couper le beurre.
Fais gaffe à tes os.
A tue... et à toi.
Ça tourne au vinaigre.
Les doigts dans le nez.
Au suivant de ces messieurs.
Des gueules d'enterrement.
Les anges se font plumer.
La tombola des voyous.
J'ai peur des mouches.
Le secret de Polichinelle.
Tu vas trinquer, San-Antonio.
En long, en large et en travers.
La vérité en salade.
Prenez-en de la graine.
On t'enverra du monde.
San-Antonio met le paquet.
Entre la vie et la morgue.
Tout le plaisir est pour moi.
Du sirop pour les guêpes.
Du brut pour les brutes.
J' suis comme ça.
San-Antonio renvoie la balle.
Berceuse pour Bérurier.
Ne mangez pas la consigne.
La fin des haricots.
Y'a bon, San-Antonio.
De « A » jusqu'à « Z ».
San-Antonio chez les Mac.
Fleur de nave vinaigrette.
Ménage tes méninges.
Le loup habillé en grand-mère.
San-Antonio chez les « gones ».
San-Antonio polka.
En peignant la girafe.
Le coup du père François.
Du poulet au menu.
Le gala des emplumés.
Votez Bérurier.
Bérurier au sérail.
La rate au court-bouillon.
Vas-y, Béru!
Tango chinetoque.
Salut, mon pope!
Mange et tais-toi.
Faut être logique.
Y'a de l'action!
Béru contre San-Antonio.
L'archipel des Malotrus.
Zéro pour la question.
Bravo, docteur Béru.
Viva Bertaga.
Un éléphant, ça trompe.
Faut-il vous l'envelopper?
En avant la moujik.
Ma langue au Chah.
Ça mange pas de pain
N'en jetez plus!
Moi, vous me connaissez?
Emballage cadeau.
Appelez-moi, chérie!
T'es beau, tu sais!
Ça ne s'invente pas!
J'ai essayé : on peut!
Un os dans la noce.
Les prédictions de Nostrabérus.
Mets ton doigt où j'ai mon doigt.
Si, signore.
Maman, les petits bateaux.
La vie privée de Walter Klozett.
Dis bonjour à la dame.
Certaines l'aiment chauve

Hors série :

L'Histoire de France.
Le standinge.
Béru et ces dames.
Les vacances de Bérurier.
Béru-Béru.
La Sexualité.
Les Con.

Œuvres complètes :
Quinze tomes déjà parus.

SAN-ANTONIO

MESSIEURS LES HOMMES

ROMAN

ÉDITIONS FLEUVE NOIR
69, Bd Saint-Marcel - PARIS XIIIe

ISBN 2-265-00049-3

A FERNAND ALBOHAIRE
et à son frelot.

Des deux pognes.

S.-A.

AVANT-PROPOS

(si j'ose dire).

Ce jour-là, le Vieux m'avait dit :

— San-Antonio, puisque vous aimez jouer au dur...

PREMIÈRE PARTIE

CHAPITRE PREMIER

Au moment où je pousse la lourde du troquet à Fifi les Belles Noix, il se fait un grand silence dans la taule et les truands qui stagnent là me défriment d'un œil extrêmement peu cordial.

Faut vous dire que chez Fifi, la clientèle est triée sur le volet. Messieurs les Hommes qui s'abreuvent ici ont tous un casier long comme la voie du Transsibérien et leur *curriculum* ferait peur à un gorille. Fifi, sachez-le, c'est un drôle de numéro.

Le genre Cavalière Elsa, croisée femme à barbe et améliorée pétroleuse, vous voyez le portrait? Elle est grande comme le chef des gardes royaux de Buckingham, avec des épaules de lutteur forain, un cou de taureau, une grande gueule de marchande de poissecailles, une moustache de cantonnier auvergnat, des mirettes de lionne en rut et des paluches de catcheuse. Elle a déjà refusé vingt contrats de Barnum qui voulait la présenter dans un numéro de boxeuse-kangourou lorsqu'elle vivait aux États.

Elle préfère vendre du tord-tripes aux arcans de Montmartre et régner en impératrice sur une clientèle spéciale. Quand ça ne tourne pas rond, elle n'appelle pas police secours. A coups de sandale, elle les dresse, les râleurs... Et quand ils sont trop nombreux, elle sort un goumi de son tiroir-caisse pour leur faire des massages de nuque. Une vraie dompteuse, cette femelle : le Boss m'avait prévenu.

Donc, quand j'annonce ma viande dans le coinceteau, les mecs se détranchent comme un seul homme pour m'examiner. Ils n'ont jamais reluqué ma frite et ils se demandent si je suis un poulaga ou bien un Martien qui a paumé sa soucoupe dans un champ de navets et qui radine au poste de secours.

Ma tenue, mon aspect les rassurent. Je me suis loqué en gigolpince de province. Costar beurre frais, cravtouse verdâtre, limace jaune, bitos amerlock, gros diam bidon à l'annulaire et charmeuses à la Clark Gable. Un vrai caïd débarqué la veille d'Ajaccio.

Je porte un doigt à mon bada et je regarde la société d'un petit air avantageux. Ça me permet de repérer Paul le Pourri, ainsi baptisé par ses pairs parce qu'il souffre d'un eczéma facial qui lui tient lieu de barbouse et le rend aussi ragoûtant qu'un lavement d'occasion. C'est à cause de sa hure pas fraîche que je suis là. Mais il l'ignore ainsi que les assistants.

Je m'avance au rade et je salue Fifi les Belles Noix d'un sourire avenant auquel elle ne répond que par un coup d'œil qui ferait mourir de peur un crocodile affamé.

— Un Cinzano *dry,* j'annonce histoire de montrer que je ne suis pas du genre efféminé.

Elle continue de me défrimer un instant. On dirait qu'elle hésite à m'abreuver. P't'être qu'en fait de Cinzano elle va me servir une ration de drogue tue-mouches.

— Avec un zeste, j'enchaîne.

Ma placidité la désarme. Elle sort un glass douteux de sous le bac à plonge et le pose sèchement sur le rade. Puis elle me verse la conso.

— Vous voulez pas trinquer, patronne? je demande aimablement. Je suis nouveau à Paname et je connais personne.

— Si tu connais personne, va au cinéma, y a du monde, répond lentement Fifi.

Ça commence à se tire-bouchonner dans la carrée. Les truands se fendent le pébroque à qui mieux mieux en se gaussant de mes manières péquenodes. Alors je vide mon verre et je me retourne.

— Y a des rognes? je demande tranquillement.

Une dizaine de paires d'yeux me contemplent sans mansuétude. Pourtant personne l'ouvre.

— D'accord, je viens d'ailleurs, dis-je. D'accord, on ne me connaît pas... Pourtant, je tiens à ce qu'on me respecte. J'ai pas l'intention d'emm... le populo, mais je me laisserai jamais monter sur les lattes, compris?

Là, nature, j'ai un peu dépassé la dose.

Un mec, un grand brun avec une cicatrice en forme de clé à molette, dit avec l'accent de Marseille :

— Ho! collègue, t'as bouffé du cheval avant de monter... Il se pourrait que maintenant tu minges de la vaque!

Je hausse les épaules.

— Dans mon pays, je fais, c'est pas les poules qui chantent qui font les œufs!

— Et qu'est-ce que c'est ton pays, collègue?

— C'est sûrement pas le tien...

Vous le voyez, ça s'envenime à tout berzingue. Seulement, cette engueulade avec le grand chimpazé ne m'arrange pas car ça n'est pas lui mon objectif. Du coin de l'œil j'observe Paul le

Pourri. Il est relativement calme. Vite, faut que je le mette dans le bain.

— Quand on voit des gueules comme celle-là, je dis en désignant l'eczémateux, on se demande si on est à Paris ou devant le machin d'un singe!

Alors là, faites confiance, la minute de silence est observée. On entendrait soupirer une jeune fille sortie du pensionnat des Oiseaux.

Paul le Pourri se redresse lentement. Il est grand, maigre, avec des yeux enfoncés dans les orbites et pareils à deux crachats de tubar car ils sont sanguinolents. Si ma description est trop poussée, faites excuse, j'écris pas pour les demoiselles.

Sa mâchoire couverte d'écailles farineuses se crispe.

— Siouplaît? murmure-t-il.

— Tiens! je m'écrie, voilà M. Tarte à la crème qui vient au renaud!

Les autres mecs en sont séchés. Le chef m'a bien dit que Paul le Pourri est un gars du genre pas commode et qu'il jouit d'un certain respect, et même d'un respect certain dans le mitan. Personne lui a jamais parlé comme je viens de le faire, alors, n'est-ce pas, je produis mon petit effet.

Fifi les Belles Noix murmure dans mon dos :

« Nom de Dieu », ce qui est un raccourci véhément pour exprimer la stupeur générale.

Paul a contourné sa table et marche sur moi d'une allure pesante. Franchement, il est pas appétissant. On vous servirait ça sur l'oreiller, chère madame, vous vous lanceriez illico dans le gigot à l'ail...

— Qu'est-ce que t'as eu le culot de dire? grince-t-il.

— Que t'es pas très frais, je murmure, c'est un secret pour personne, non? Ou alors t'as eu que des hypocrites en face de toi jusqu'ici, à commencer par ton miroir... Une gueule comme la tienne, mon pauvre chéri, on n'en trouve que dans les cauchemars à grand spectacle... Tu sais, de ceux qu'on fait quand on a forcé sur le mauvais picrate...

J'ai pas le temps de continuer. Le Paul me télégraphie en urgent un parpaing de la catégorie A sur le coin de la joue. Le coup est venu si brusquement que, quoique sur mes gardes, je n'ai pas eu le temps de le parer. Il me semble qu'une locomotive vient de m'embrasser sur la bouche. J'ai un goût de sang dans la clapeuse et je vois le bistranche de la Fifi danser la java vache autour de moi. Je barre en arrière, mes reins percutent le comptoir, des boutanches tremblotent. Je manque un peu d'air et je me sens triste des genoux.

En face de moi, y a Paul le Pourri avec un grand rire sauvage dans la gueule faisandée puis, en arrière-fond, d'autres hures qui rigolent sauvagement.

J'éternue. Je me tasse et je fonce en avant. Paul s'apprête à esquiver par un saut de côté. Seulement, il n'a pas prévu ma ruade. Au lieu d'essayer de lui rentrer dans le chou, je stoppe pile en face de lui et je lui mets un coup de saton dans les fondations. Il s'attendait pas à cette sorte de choc et il se prend les claouis à pleines pognes en bramant comme un perdu. J'arrête son disque d'un crochet au foie qui passe juste entre ses deux bras. Et je complète le turbin d'une gauche sur le pif qui le transforme illico en goret sanguinolent.

Il ne tombe pas, car il est résistant comme la tourelle d'un blindé, mais il a son compte.

Je respire un grand coup.

— Voilà le boulot. S'il y a d'autres amateurs, je suis leur homme.

Le gros brun du Midi se lève à son tour. Il a cravaté un siphon d'une patte et il s'avance en le faisant tournoyer devant lui.

— Non! dit Fifi, arrêtez le massacre, les mecs,

la cabane parapluie va s'annoncer et je suis bonnarde pour trois mois de lourdage!

Mais le grand brun se fout des cris de Fifi. Fifi se rend compte qu'elle ne peut pas enrayer un tel suif et elle se met à planquer les bouteilles sous le zinc.

— Lâche ta boutanche, Nouille aux œufs frais, dis-je à mon nouvel adversaire.

Vous parlez comment qu'il obéit! Il fracasse d'un coup sec le cul du siphon sur un coin de table, ce qui lui laisse dans les pinces une arme extrêmement dangereuse. Le tesson, croyez-moi, dans les mains d'un expert c'est pire qu'un couteau. J'ai vu des gars sur la gueule desquels on avait pratiqué une petite séance de carnogravure, ils étaient pas partants pour le concours du plus beau bébé, je vous le jure.

Je fais un saut en arrière. Je cramponne une chaise et je l'envoie en direction de mon adversaire. Il a prévu le coup, et il se baisse. Moi aussi j'ai prévu qu'il se baisserait, c'est pourquoi j'ai balancé la chaise assez haut de manière à ce que je sois certain qu'elle passera à travers la vitre de la porte.

Dont acte!

Un vrai carnaval de verroteries. Fifi sort son goumi et s'avance en gueulant comme tout un zoo. Le grand brun bondit avec son siphon brisé. Paul le Pourri, qui est revenu de sa douleur, sort de sa fouille un ya avec lequel vous pourriez désosser un mammouth et moi, comprenant que la nuit devient fraîche, j'exhibe à ces messieurs un P. 38 qui rend méditatifs les gars les plus excités.

En effet, Fifi et les deux terreurs se calment. A cet instant une voix *off* annonce l'arrivée des perdreaux. C'est le branle-bas dans la volière. Le sauve-qui-peut... Tout le monde se découvre une occupation urgente à liquider et se taille. Quand les archers de police secours entrent chez Fifi — très vite, car j'avais demandé qu'ils fassent fissa —, ils ne trouvent plus à emballer que Fifi, Paul et moi, le grand brun ayant largué son tesson de bouteille pour se rendre à un rendez-vous urgent chez son homme d'affaires.

Tout va bien.

On nous arrime solide et, à coups de pompe dans le valseur, on nous fait grimper dans le panier à salade. Fifi est laissée dans son rade, mais on lui annonce de grands malheurs dans un avenir très prochain. Elle proteste en affirmant que tout ça c'est ma faute et que je suis venu jouer les gros bras dans son honorable établissement alors que personne ne me demandait rien, ce qui est la vraie vérité du Bon Dieu, je dois en convenir.

Paul s'assied sur une banquette, moi sur une autre et un bignolon reste devant la lourde.

Paul étanche le raisiné qui continue à lui pisser du pif au moyen d'un mouchoir qu'un rat d'égout repousserait en proie à une violente nausée.

Puis il se tourne vers moi et m'assure que je suis une recrue pour les tantes, que ma brave femme de mère m'a eu d'une façon irrégulière après avoir fréquenté un chien, et qu'il voudrait me voir étalé au soleil avec les tripes fumantes.

Il en est à des souhaits encore moins courtois lorsque nous débarquons au poste, rue Ballu.

A cette heure de la noye, il n'y a presque personne. Un brigadier lit le *Miroir des Sports* derrière une barrière de bois. Un gardien téléphone à un copain pour lui demander si Cousin II est arrivé en bonne position à Longchamp, cet après-midi... Le box grillagé où l'on enferme les malfrats cueillis au cours des séances de ramassage est vide également, suivant les instructions que j'ai laissées. On nous y enferme, Paul et moi, en nous ordonnant de la fermer.

Les gars qui nous ont débarqués s'en vont une fois que le brigadier leur a dit de faire leur rapport plus tard. Le poste retombe dans sa torpeur.

— Enfant de salaud, murmure Paul, t'es bien

avancé maintenant! Tu t'en fous, toi, t'es blanc...

— Tu parles d'une blancheur Persil, je ricane, j'oserais pas montrer mon casier à un pompeur de colombins!

— Alors qu'est-ce qui t'a pris de jouer les Tarzan chez Fifi?

— J'étais en rogne, je suis venu à Paris pour essayer de me caser, mais je connais personne, j'avais éclusé...

Paul hausse les épaules, puis se détourne, maussade.

— En attendant, je l'ai dans le fignedé. Un truc commak, ça va pas arranger mon standing à la grande taule...

— Y a pas mèche de s'en sortir?

— Toi alors, ça se voit que tu arrives de ton bled!

Il pousse un cri :

— Et avec ça, tu m'as esquinté les joyeuses!

— Vos gueules! lance le brigadier.

Il lit le compte rendu du dernier France-Italie de rugby et il n'aime pas qu'on trouble sa quiétude bourgeoise.

— Eh! je fais à voix haute.

— Quoi?

— Je voudrais aller aux gogues, y a moyen ou bien est-ce qu'on fait ici?

Le brigadier ronchonne des trucs ennuyés.

— Maubois, dit-il à son sous-fifre, conduis-le aux vécés !

Maubois soupire et vient m'ouvrir. Je sors de la cage aux ours et je marche devant lui jusqu'à un tournant du couloir. Une fois hors de vue, il sourit, me passe son pétard et hurle :

— Ah ! bon Dieu de salaud !

Moi je radine presto dans le poste en brandissant le calibre d'ordonnance.

— Lève tes sales pattes ! je crie au brigadier.

Le pauvre chéri en est au moment où le match rebondit, la France ne menant plus que par 96 à 3 à la suite d'un drop rital. Il lâche son baveux et attrape les nuages d'assez bonne grâce. Alors je fonce à la porte de la cage grillagée et je délourde en vitesse.

— Amène-toi ! fais-je à Paul.

Il ne se le fait pas dire deux fois. La liberté, c'est quelque chose qui ne se refuse pas.

Nous cavalons à la lourde. Au moment où nous y parvenons, un flic s'interpose. Je lui lâche un pruneau à bout portant. On peut y aller carrément, le feu est chargé à blanc, tout a été combiné à l'avance. Il s'écroule avec un réalisme qui laisserait entendre qu'il a été souvent de garde au Grand-Guignol.

— T'es dingue ! murmure Paul.

— T'occupe pas, viens...

Il me suit en courant. D'autres bourdilles s'avancent, venant de la rue Blanche. On rectifie la direction et nous fonçons du côté de la rue de Clichy.

Des coups de sifflet à roulette éclatent. Des bruits de godasses, des cris nous courent après.

Le Pourri et moi nous cavalons à en perdre la santé. Comme nous parvenons à la hauteur du bureau de poste qui fait l'angle de la rue Ballu, nous apercevons un taxi libre. Un geste impérieux et il s'arrête.

J'ouvre la portière. Paul se précipite, j'entre à mon tour.

— Saint-Laga ! je lance au Popof.

Il décolle comme s'il chargeait à la tête de son régiment de cosaques. Les poulardins sifflent.

— T'occupe pas de ça, je fais au chauffeur en lui montrant le pétard soi-disant chouravé au gardien de la paix. Fais seulement attention à ce que j'ai dans la main.

Pas contrariant, il fait signe qu'il est d'accord.

CHAPITRE II

Six minutes plus tard, le bahut a redégringolé la rue d'Amsterdam. Le chauffeur est un gars à la page. Un pétard n'est pas le genre d'objet qui le fait tomber en digue-digue, ou alors il tient à ses os et il a le sang-froid des pétochards.

Arrivée devant la gare, entrée de la rue d'Amsterdam. Je lui allonge cinq sacs et je fonce dans l'escadrin avec Paul le Pourri à mes trousses.

A cette heure, l'immense hall de départ est à peu près désert.

— Vite ! je balance à Paul par-dessus mon épaule.

Des mecs qui courent, dans une gare comme Saint-Lazare, n'attirent pas l'attention. Nous traversons l'édifice dans toute sa largeur et nous ressortons par la rue de Rome. Une file de taxis en stationnement nous tend les bras.

Je me rue dans l'un d'eux.

— Donne l'adresse, toi, je fais à Paul.

Il est traversé par une courte hésitation.

— 22, rue Lamarck, dit-il enfin.

Je ricane :

— Vingt-deux ! T'as le mot pour rire...

Acagnardé dans un angle du véhicule, Paul le Pourri me considère de son regard enfoncé où brille une étrange lueur.

— T'es un mec pas ordinaire, murmure-t-il.

— Tu trouves ?

— Un peu que je trouve : flinguer un perdreau pour si peu, faut avoir la détente fastoche. Tu t'es donné peur ou quoi, mec ?

— Est-ce que j'ai l'air d'un gars qui a les jetons, dis voir ?

— Ça non !

— Bon, alors la ramène pas ou laisse-moi descendre...

Il y a un petit silence d'observation.

Il gratte sans répulsion son eczéma virulent et une pluie de croûtes grises, d'un très gentil effet, tombe sur son veston.

— Qu'est-ce tu fous à Paris ?

— Tu vois, je bute les flics...

— D'où que tu viens ?

— Devine...

— D'Ajaccio ?

Je me gondole.

— Non. Je suis d'origine corsico, mais j'ai été élevé à Clermont-Ferrand.

— Qu'est-ce que tu branlais là-bas?

— Je bricolais... J'avais deux polkas sur le tas... Et puis, j'en ai eu classe de jouer au barbiquet; je vaux mieux que ça!

Il me dévisage, et un léger sourire lui vient aux lèvres.

— Oui, tu vaux mieux que ça...

Pourtant, malgré ce coup de Trafalgar auquel je l'avais fait assister, il est un tout petit peu méfiant. Cette méfiance, tous les caïds l'ont pour ceux qui débarquent brutalement dans leur horizon.

— Si t'es de Clermont, fait-il, tu dois connaître Riri Langue Fumée?

Vous pensez que le Boss était pas homme à m'embarquer dans cette galère sans références sérieuses.

— Tu parles que je le connais, le pauvre est à la centrouse de Poissy pour six piges!

Il est satisfait.

J'enchaîne :

— Je connais aussi Lola la Parfumée, la grande rousse, tu vois de qui je cause?

Il cherche.

— Elle est pas maquée avec Hector de Chaville?

– C'est possible...

— Elle a des lunettes, non?

— Oui, elle les pose juste pour ouvrir ses brancards...

— Ouais...

Je suis peinard avec Lola, cette fumelle bouffe à la grande gamelle depuis un bout de temps et elle est au parfum à mon sujet, prête à en dire long comme une trompe d'éléphant sur notre enfance à Clermont!

On en est là de la discutance lorsque la tire stoppe devant le 22 de la rue Lamarck.

Échange de bons procédés, cette fois c'est Paul qui cigle la croisière.

Je reste sur le bitume à danser d'une patte sur l'autre. J'attends. M'est avis que je tiens le bon bout, seulement on ne sait jamais avec un vieux renard comme Paul le Pourri.

— Où que t'es descendu? il demande.

— *Eden Hôtel,* rue des Abbesses.

— Mauvais... Tu peux pas rentrer là-bas avec la crise d'urticaire que t'as déclenchée chez les parapluies.

— *Of course!*

— Et tu sais pas où aller?

— Oh! je me débrouillerai.

Je prends un air innocent afin de lui laisser le temps de se décider.

— Écoute, fait Paul le Pourri, amène-toi, on avisera.

Je me perds pas en protestations polies. Aussi sec je lui emboîte le pas.

Nous n'entrons pas au 22, il est pas si gland, l'eczémateux, d'aller allonger une bonne adresse à un chauffeur tandis que les perdreaux lui trottent au fignedé. Nous tournons la première rue à gauche et nous passons un porche monumental.

Ça nous mène droit à une cour idyllique avec pelouse, vasque de flotte et statues verdâtres. En plein romantisme, je vous le dis. Du Victor Hugo de la bonne époque!

Pour un truand, c'est un drôle de repaire.

— Où on va? je risque.

Il hausse les épaules.

— Chez ma nièce, répond-il toutefois.

— Comment ça se fait que t'aies une nièce?

Il a un nouveau haussement d'épaules, nettement plus excédé que le premier.

— Ça s'est fait bêtement, fait Paul; ma sœur s'est laissé filer un polichinelle signé anonyme. Le polichinelle a grandi et voilà...

Pendant cette explication, nous avons traversé la cour et nous nous trouvons devant la porte d'une cabane basse, construite dans l'angle de deux immeubles.

Paul le Pourri gratte à la lourde. Une mousmé de classe vient délourder. C'est une rousse avec une chemise de velours vert — c'est fatal puisqu'elle est rouquine! — et un futal à écossais bleu et vert.

Elle est un peu bath, la donzelle. Vraiment un charmant panorama. Elle a quelques taches de rousseur sur la frite, un petit nez retroussé comme ces messieurs les chirurgiens esthétiques en fabriquent à tout le monde, et un regard assez salingue pour me décider à entrer.

— Tonton! s'écrie-t-elle.

Sans répugnance pour l'eczéma à Popaul, elle l'embrasse.

Puis elle me regarde.

Alors Paul le Pourri se tourne vers moi.

— Un pote, dit-il. Au fait, comment tu t'appelles, gars?

— Tonacci, dis-je; Bernard pour les dames.

— Je vois que vous êtes des amis de fraîche date, fait la gosse.

— De très fraîche date, renchérit Paul. Bernard, ajoute-t-il, je te présente Sofia, ma nièce bien-aimée. Une sacrée putain s'il en fut!

— Tonton, proteste la rouquine, tu vas faire rougir monsieur!

— Pour arriver à me faire rougir, je glousse,

faudrait une triple couche de minium! C'est gentil, chez vous...

En effet, c'est gentil... L'appartement se compose d'une grande pièce meublée Primavera, et d'un bout de cuisine grande comme un marchepied de patinette.

— Quel bon vent? demande Sofia.

Paul tombe la veste et retrousse ses manches, car il fait chaud. Un Calor rougeoie dans le fond de la pièce.

— C'est pas un bon vent, dit-il, mais un coup de tabac.

— Ah oui?

— Oui. On a eu des mots, monsieur et moi, chez Fifi; la rousse s'est amenée, y a eu de la casse, mais on a réussi à s'en tirer grâce à Bernard... T'as quelque chose à boire?

— Tu sais où ça se tient.

Il s'avance jusqu'à une cave à liqueurs et met tout droit la paluche sur une bouteille de rhum. Il s'en enfonce un grand coup dans le gosier, à même le goulot, après quoi il me tend la boutanche. Je suis pas très enthousiaste pour licher après lui. Enfin, si j'ai une éruption d'eczéma, je saurai d'où ça vient.

Je lève le coude et le rhum change de quartier.

— Il a une sacrée descente, admire Sofia.

— Oui, admet Paul, c'est un type pas mal.

— Il vient d'où?

— Pourquoi? je demande.

— A vos fringues, on voit que vous n'êtes pas d'ici.

— Qu'est-ce qu'elles ont.

— Elles font un peu voyou 1938.

Je feins la mauvaise humeur.

— C'est comment, la mode?

— Le bon goût, autant que possible.

— Merci...

Elle écrase le coup.

— Beau gosse comme vous êtes, c'est dommage de mal vous loquer.

En effet, elle a l'air putain. Paul connaît bien sa famille. A la façon gourmande dont elle a dit « beau gosse », on comprend qu'elle s'en ressent vilain pour le réveil musculaire avec ou sans musique!

— Vous m'apprendrez, dis-je.

Paul semble agacé par ces minauderies.

— Avant de penser aux sapes, dit-il un rien docte, pense à ton cigare, Bernard; après la séance de tout à l'heure, il tient pas mieux sur tes épaules que si on y avait mis du papier gommé.

— T'es rassurant, je soupire.

Paul semble préoccupé.

— File-nous deux couvrantes, Sofia, on va se

zoner par terre, lui et moi. Demain, on verra comment l'enfant se présente et on avisera...

Sofia va en tortillant du valseur jusqu'à une commode façon chêne cérusé. Elle en sort deux couvrantes qu'elle nous lance séparément. Elle a une avant-scène qui me rend instantanément neurasthénique.

— Essaie d'en écraser, conseille Paul.

— Ça va pas être commode, je murmure en regardant Sofia d'une façon si appuyée que mes châsses doivent lui marquer l'épiderme!

CHAPITRE III

En effet, c'est pas commode d'en écraser dans une turne où un zig dont la gueule rappelle les graffiti de pissotière ronfle comme le départ des vingt-quatre heures du Mans et où une reine de beauté pousse des soupirs qui fendraient l'âme d'un huissier!

Je me tourne et me retourne comme un malheureux sur la moquette. J'ai roulé la couvrante afin de m'en faire un traversin, car je ne risque pas d'avoir frisquet : il fait au moins vingt-huit degrés dans la cabane...

— Vous ne pouvez pas dormir? chuchote Sofia.

— Non, dis-je, j'admire votre oncle bien-aimé. Faut croire qu'il a le sommeil instantané...

— Lui? murmure-t-elle. Il roupillerait la tête dans un seau de mélasse...

Je pense qu'un seau de mélasse est une

coiffure idéale pour Paul. Avec ça sur la bouille, il serait plus présentable!

L'atmosphère étouffante me porte à la peau. Et puis sentir près de moi une mignonne à moitié déloquée, ça me court-circuite un peu le système nerveux.

— Qu'est-ce que vous faites dans l'existence, à part d'être jolie? je questionne.

Elle a un tout petit rire frileux.

— Je suis barmaid, dit-elle.

— Dans une boîte de nuit?

— Dans une boîte de nuit ouverte le jour... Et je fais le jour... Sans quoi je ne serais pas ici en ce moment.

Je cherche un truc gentil à lui dire. Mais j'ai l'esprit un peu gluant.

— Vous êtes mal, par terre? demande-t-elle.

— Non...

— Mais si... Vous voulez que je me tire un peu? Il y a la place pour deux sur ce divan, vous savez?

Pour un appel direct, c'est un appel direct. J'ai jamais vu une gonzesse abattre ses brèmes avec tant de naturel. Ça tombe bien, j'ai précisément un carré de valets dans mon jeu.

En deux temps trois mouvements je me trouve allongé contre elle. C'est comme si je me couchais sur une ligne à haute tension. Je ressens une commotion dans toute la moelle.

C'est exactement le grand soleil du feu d'artifice qui m'emmène avec lui dans le ciel de nuit embaumé. Sofia, c'est pas une femme, c'est une brassée de serpents, mais elle est moins froide qu'un serpent. Elle est même très chaude pour un bipède : vous lui poseriez un œuf sur la croupe, il serait cuit dur instantanément. Et sa chaleur est communicative. Elle m'inonde. J'en deviens gâteux...

Je ne perds pas mon temps à écouter si Paul le Pourri en écrase toujours. En moins de temps qu'il n'en faut à un postier pour oblitérer une lettre, je composte la môme. Elle a une façon de nouer les jambes avec une adresse qui tient du prodige. Un truc pareil aux Jeux olympiques la ferait classer champion du monde de zizi-pampan, catégorie dames. Et ce qui est merveilleux, c'est qu'on est juste de la même longueur d'onde, elle et moi. Vous qui êtes tous plus ou moins des lavedus, qui servez vos bourgeoises le samedi soir et en grand gala télévisé pour vos vingt berges de mariage, vous ne pouvez pas savoir combien il est duraille de s'accorder illico avec une souris, la première fois qu'on se l'embourbe. Y a en amour comme en boxe des rounds d'observation, c'est inévitable.

Eh bien, cette fois, le grand combat démarre net au coup de gong, sans préliminaires... C'est le pas des Lanciers, la Charge de la brigade sauvage, les Derniers jours de Pompéi au même programme, et avec le marquis de Sade dans le rôle principal. En une heure on ravage son sommier, à Sofia.

Lorsque je la laisse, elle est aussi pantelante que la petite bonne du sixième qui est entrée dans la cage d'ascenseur alors que ce dernier se trouvait au septième. Couverte de sueur, la bouche ouverte sur un suprême soupir d'extase, les cheveux collés sur les tempes, les seins en forme de vagues par gros temps... Sans oublier les doigts de pied en bouquet de violettes ainsi que l'exige la tradition.

Je donne la lumière, histoire de mater un peu le spectacle. La première chose que j'aperçois, c'est Paul le Pourri, assis dans un fauteuil, la boutanche de rhum à la main, les yeux clignotants à la lumière comme ceux d'un hibou surpris.

Je rouscaille :

— C'est pas bien, Paul, de faire le voyeur avec la famille.

— Famille ou pas famille, rigole-t-il, j'allais pas rater un spectacle pareil. J'ai jamais vu un tel boulot, même à l'*Œil de Bronze,* que tient mon pote Félix de Bayeux.

Le compliment me va droit au cœur.

— Merci, dis-je. Mais, la prochaine fois, amène du monde, on fera payer l'entrée...

Sofia, groggy, est inerte sur le lit, sa veste de pyjama retroussée sous le menton. On parle pas du futal qui depuis belle lurette fait tout seul le grand écart à l'autre bout de la pièce.

— Occupe-toi d'elle! ordonne mon compagnon.

— T'as peur qu'elle prenne froid?

— Non, mais c'est pas convenable... Je serais chiche d'oublier qu'elle est ma nièce dans un moment d'inattention.

Il entonne à nouveau la bouteille. Un glouglou significatif m'indique qu'elle est vide. Lui non plus n'a pas perdu son temps. Il tient drôlement le pétrole, Paulo...

— Bon, il fait, puisque la représentation est terminée, je vais essayer de dormir un peu. Si tu remets ça, faites moins de chahut, tu me raconteras la suite demain...

Aussi sec, il repart dans la ronflette.

Moi, je me couche à côté de Sofia. Elle geint doucement comme une bête heureuse.

Je ferme un châsse blasé et je songe, avant de

sombrer, que le boulot commence sous d'heureux auspices... qui valent ceux de Beaune.

***

C'est Paul qui, au petit jour sonne le rassemblement.

Il est debout, mal rasé, et il ressemble plus que jamais à un cataplasme de farine de moutarde moisi.

Il soulève le drap couvrant pudiquement Sofia et flanque une claque retentissante sur les noix de celle-ci. Il fait ça à la brave homme, mais ça ne doit pas lui déplaire de lui palper les amandes.

— Allez, gosse, fait-il, c'est du sérieux maintenant, va acheter le baveux qu'on fasse le point. T'en profiteras pour ramener des croissants chauds, je vais préparer le jus pendant ce temps.

Sofia se lève en ronchonnant. Elle me regarde en se grattant d'un air plutôt vasouillard. Puis, emportée par la reconnaissance, elle se penche et m'embrasse longuement.

— M...! tonne Paul, vous allez pas remettre le couvert, les deux? Maintenant on a des trucs urgents à s'occuper!

— Ton oncle a raison, fais-je à Sofia. Laisse un peu tomber, tu veux?

Elle soupire, noue un ruban dans ses cheveux pour en faire une queue de cheval (c'est sa marotte) et passe une robe de chambre dont le motif représente des poissons chinois sur fond d'azur.

Ensuite, elle se lave les ratiches.

— Dégrouille! glapit Paul qui commence à s'impatienter.

— Je ne peux pourtant pas sortir sans m'être lavé les dents! rouspète Sofia.

Ça le met en renaud, Paul.

— Voyez-moi cette putain. Se laver les dents! Elle a la folie des grandeurs, ma parole. Sa pauvre mère se lavait même pas le dargeot et elle vient crâner!

Du coup, ça s'envenime côté Sofia.

— Écrase, Tonton, murmure-t-elle, le regard en binocle. Si t'es pas content, va ailleurs, je t'ai pas envoyé d'invitation!

Il est temps que j'apporte ma pénicilline personnelle sur cette infection avant qu'elle se généralise.

— Vos gueules! je fais depuis le pageot. Vous êtes là à vous tirer la bourre comme si on n'avait pas autre chose à branler! M... alors, tu parles d'une famille Lustucru!

Sofia se taille en claquant la lourde. Paul est farouche comme un chef Peau-Rouge à qui on a collé les plumes de son bitos dans le prose, manière de rigoler.

— Elle est rouscailleuse, j'admets, afin de lui donner satisfaction.

— Tu parles ! Un vrai juteux !

— Mais c'est pas la mauvaise femelle...

— Pour le sommier, elle se défend, mais pour le reste...

— Écoute, Paul, sois pas injuste... T'en trouverais pas lerche des nanas qui planquent des truands en pleine noye sans faire la moindre girie !

— C'est vrai, admet le Pourri.

Il gratte son eczéma et je regarde désespérément pleuvoir les parcelles de croûtes dans les bols.

Sur ce, Sofia revient. Elle tient un *Parisien Libéré* d'une main et une demi-douzaine de croissants de l'autre.

D'un geste nerveux, elle pose le baveux sur la carante. Puis, montrant un titre sur trois colonnes, elle demande :

— C'est vous, ce turbin ?

Je me lève.

Décidément, le Boss a bien fait les choses. Comme article, c'est du beurre pasteurisé ! Un titre gigantesque d'abord :

Un repris de justice abat un agent.

Suit l'article maison : quatre colonnes! Toute « l'affaire » est retracée en long et en cinémascope. On relate la rixe chez Fifi les Belles Noix; notre évasion à Paul et moi; enfin tout le bidule.

En plus du *curriculum* de Paul, y a le mien, enfin mon *curriculum* bidon. Bernard Tonacci, de Clermont. Trois fois condamné pour encouragement à la prostitution et vol qualifié. On produit une mauvaise photo que le labo a savamment retouchée. Là-dessus, je ne me ressemble pas plus que vous ne ressemblez à Jean Marais. J'ai la vraie frime du truand qui s'est fait télescoper à la maison aux mille lourdes. Le nez aplati, un œil mi-clos, la barbouse inculte... Vous voyez le genre? Il est impossible que quelqu'un me reconnaisse. Même Félicie, ma brave femme de mère, regarderait cette photo sans tiquer.

Y a aussi le bélino du « malheureux agent victime du devoir », tout y est : ses dix-huit berges de service comme perdreau en uniforme, ses cinq enfants, sa médaille militaire... A en croire le baveux, le gars aurait gagné la guerre à lui tout seul. Le ministre va lui cloquer la Légion d'honneur à titre posthume. Bref, de la super-mise en scène. Du Cecil B. de Cent! Je reconnais bien là l'esprit d'organisation du Vieux.

Paul et sa nièce, instantanément réconciliés, ligotent l'article sourcils froncés. Le papier se termine par la fameuse « piste » de dernière plombe que les flics auraient levée.

— Dites donc, murmure Sofia en mettant le doigt sur la ligne en question...

Paul haussa les épaules.

— Ça, c'est de la salade, affirme-t-il, de la salade pour le bon populo. Faut que le gnace qui part au charbon le matin se sente protégé, non?

— Il a raison, dis-je à Sofia. Je suis tranquille qu'on n'a pas été suivis...

— Espère un peu, gars, murmure Paul le Pourri. La maison bourreman, tu vas la voir en effervescence. Quand on démolit un mec de chez eux, ils prennent tout de suite quarante de fièvre. Les flics, pris séparément, c'est tous des glands, mais en groupe, ils savent manœuvrer...

Sofia, songeuse, verse le jus fumant dans des bols. Elle annonce le beurrier et la boîte à sucre.

— Déjeunons, fait-elle.

Cette nuit m'a un peu froissé les muscles. J'ai de la flanelle à la place des biscotos.

Je gamberge à la situation tout en donnant un bain de pieds à mon croissant.

Jusque-là, tout se passe d'une manière impeccable. Reste à savoir si mon entrée dans la vie de Paul va donner un résultat au sujet de ce qui intéresse le Vieux, ou bien si mon cinéma d'hier ne servira à rien. Ça me vexerait!

Paul engloutit dans sa grande gueule son second croissant, vide son bol avec un bruit qui ressemble à l'écoulement d'une canalisation et torche sa bouche d'un revers de coude.

— Bon, dit-il.

Sofia me regarde. Elle a le regard flou. Elle ne peut pas s'empêcher de penser à la partie de chasse à courre de cette nuit.

— Tout de même! elle fait en baissant les stores.

— Tout de même quoi, mon petit?

— Vous êtes un drôle de type...

Paul hausse les épaules.

— Seulement il manque un peu de contrôle. Quand je pense qu'il a flingué un bourre sans sourciller alors qu'on risquait trois mois de ballon au plus...

— Je suis claustrophobe, dis-je.

— Qu'est-ce que ça veut dire? demande Paul.

— Que j'aime pas les endroits clos; mon médecin m'ordonne les grands espaces...

— Alors va camper place de la Concorde, affirme Paul.

Je le sens qui réfléchit bien posément à la situation. D'un côté, il voudrait se débarrasser de moi, car il me trouve un peu trop remuant. De l'autre, il craint que, livré à moi-même, je ne sois arrêté et que j'en casse un peu sur lui et sa charmante nièce. Après tout, il est complice d'un meurtre et il est certain, si ça se gâte, de passer aux assiettes. Pour s'en tirer à moins de dix piges fermes, faudrait qu'il se lève matin ; voilà à quoi il pense, le cher homme.

— Tu sais pas? il murmure.

— Non, mais je sens que je vais savoir...

— Je crois que ton toubib a raison : y te faut le grand air, mec!

— Ah oui?

— Oui. Paname, tu vois, c'est trop petit pour un gaillard de ton espèce... Ça te gêne déjà aux entournures. Écoute voir, je connais un type qui fait Paris-Tours avec un camion et qui te chargera...

Je souris.

— Et qu'est-ce que j'irai faire à Tours à dix heures du soir, Paul, réfléchis.

— Tu te planqueras...

— Alors autant aller à la Santé tout de suite! Merci de ton offre, je me défendrai tout seul.

Je tends la main à Sofia. Elle m'attrape la

manette parce qu'on ne peut se dérober à l'attraction d'une main tendue.

— Merci surtout à toi, mignonne; je te dois mon meilleur moment de Paris...

Une pareille gentillesse la touche. Ses châsses s'embuent.

— Vous partez? elle demande.

— Je pars...

— Tu pars? répète Paul, un peu surpris par ma brusque décision.

— Oui, fais-je, je pars. J'ai toujours été un gars discret dans mon genre, Paul. J'aime pas m'accrocher aux gens. Je vois bien que je te pèse.

— Qu'est-ce que tu débloques? soupire-t-il, un peu gêné.

— Je suis pas miro, figure-toi. Mais je t'en veux pas, c'est normal, on a chacun sa vie, Paul!

Je m'arrête...

— En tout cas, aie pas de soucis pour des fois que je me ferais épingler par les flics. Je suis un gars discret...

Je cligne de l'œil, je balance une caresse aux roberts de Sofia et je sors.

Si vous saviez comme mon battant y va à la manœuvre, vous appelleriez le toubib de garde! Parce qu'en ce moment, c'est toute ma mission qui se joue. Si Paul me laisse filer, tout est dans le lac : la femme et les chevaux!

Je fais un pas. Deux pas...

« Nom de Dieu! je me dis, t'es chocolat, San-Antonio. Tu aurais mieux fait d'aller jouer ta scène à la James Cagney au Châtelet, t'aurais au moins fait de l'artiche... »

Trois pas, puis quatre... Rien!

Derrière moi, c'est l'inertie totale. Je parviens à côté d'un bassin limoneux. Sur l'eau verdâtre il y a une grosse feuille de nénuphar pareille à une palette de peintre.

Des oiseaux poussent la sérénade dans les branches des acacias... Quelque part dans l'un des quatre immeubles cernant cette portion de nature, une jeune fille de bonne composition fait déjà ses gammes... Des bonniches battent les tapis aux fenêtres... Tout ça est joyeux, d'autant plus que, par-dessus le blaud, un gentil soleil largue des rayons de miel.

Je continue d'avancer avec comme des tatanes de scaphandrier aux lattes. Tous mes regrets se portent dans mes pieds. Je ne peux pas m'arracher à cette cour. Parce que, dans cette cour je suis encore à portée de voix de Paul le Pourri.

Lorsque j'aurai franchi la porte, la rue m'absorbera et ce sera fini. Je ne pourrai plus raccrocher le coup. L'affaire sera sciée, complètement sciée...

Un vaste déchirement me ruine le moral. Neuf, dix, onze pas!

Me voilà sous le porche. L'ombre fraîche, le courant d'air me sautent sur le poil.

Je chialerais.

— C'est tordu, je soupire... C'est mort, c'est enveloppé, je l'ai dans le baigneur...

A cet instant une voix crie :

— Eh! Bernard...

Lentement je me retourne. Paul est là-bas, dans l'encadrement de la petite maison, qui, par rapport aux immeubles, ressemble à une verrue sur un pif.

— Écoute voir, dit-il.

Mon ange gardien entonne un hymne d'allégresse à pleins tuyaux!

CHAPITRE IV

Je comprends tout de suite que Sofia n'est pas étrangère à ce revirement de Paul le Pourri. Elle a dû baratiner en vitesse afin de le faire fléchir. Comme quoi on a toujours raison de bien placer sa bonne marchandise. Je ne l'aurais pas calcée, cette nòye, je l'avais dans le baba. Mais mon charme personnel a agi.

Je regarde mon interlocuteur au faciès si peu ragoûtant. Vous parlez d'un portrait de famille! On a envie de lui passer la bouille au chalumeau, histoire de la mettre propre une bonne fois. J'ai connu un gnace qui avait une frime comme ça, en portion de brie usagé. Il en a eu marre de voir les gens aller au refil sur son passage, un jour il s'est collé une pomme crue dans le bec et il s'est assis sur sa cuisinière à gaz jusqu'à ce qu'elle soit cuite.

— Qu'est-ce que tu veux? je questionne, faux-cul comme un assureur.

Il est bourru, Paul, c'est le mec qu'aime pas avoir des faiblesses. Il m'en veut de la fleur qu'il va me faire...

— Vrai, il dit, tu sais pas où aller?

— Je t'ai dit que je me débrouillerais. J'ai un pétard sur moi, il reste quatre balles dedans, j'ai vérifié. Avec cet outil, personne te refuse la charité. Tu mets ça sous le pif des bourgeois et illico ils sortent leur larfouillet, même les plus radins.

— C'est pas une solution, il fait, songeur et méprisant tout ensemble. Si tu te pointes à Paname avec cette mentalité, gars, tu tarderas pas à engraisser les astecs...

Je baisse le nez.

— Alors quoi, je murmure, y a de la gâche que pour les fonctionnaires, ici? Déjà ta nièce qui me dit que je suis fringué comme au temps des Gaulois... Qu'est-ce qu'il fallait que je prenne pour me pointer à la capitale? Des manches de lustrine et un rond-de-cuir Michelin?

Ce langage botte à Paul. Il se souvient de sa jeunesse et au fond il admire ma fougue.

— Prends une cadière, dit-il.

J'obéis et me laisse choir sur une chaise.

— Je voulais te dire que Pantruche ça n'est pas Chicago à la belle époque. Un flingue solutionne par le problème de la vie chère, tu comprends? Y a tout de même des poulardins plein les rues. Quand tu joues au con, ils ont vite fait de te défourailler dessus. D'accord, ils démolissent les passants, mais comme leur seringue est à répétition, tu as toutes les chances de bloquer une praline.

— Alors?

Sofia me lance un léger clin d'œil. Elle se laisserait encore faire le coup du Beau Danube bleu, cette femelle! Vous parlez d'une brouette!

Négligemment, je lui passe la main sous la robe de chambre. L'entrée des fournisseurs, moi j'aime ça. C'est rudement maison de palper une moukère de cette façon.

Elle s'immobilise, vachement contente.

Paul hausse les épaules.

— T'es pas un homme, t'es un bilboquet, fait-il; par hasard, tu marnais pas en qualité de taureau, dans ta province?

— Pas en régulier, je lui réponds, mais je faisais des extras.

J'ajoute la voix dure :

— Alors?

Il tire un mégot de sa profonde, le lisse entre le pouce et l'index et hoche la tronche prudemment.

— Je peux p't'être te trouver de l'emploi, dit-il.

— Ah oui? T'as un burlingue de placement?

— Des fois...

— Et quel genre de turf t'as en vue? Nourrice sèche?

— Charrie pas, mec, j'ai horreur...

Je joue les petits glands matés.

— C'est bon, mais parle... T'es là, on a envie de t'accoucher aux fers...

— Je connais quelqu'un de bien... Un bonhomme qui peut s'occuper de ton présent, et même de ton avenir... Tu veux qu'on aille lui dire un bonjour?

— Banco!

— Alors lâche le dargif de Sofia et radine...

Je baisse la main. Sofia me bouffe le mufle goulûment.

— Tu viendras bientôt? elle demande.

— Tu parles...

— Si t'as l'occasion, passe à ma boîte, je travaille à la *Lune Verte,* au-dessus de la Trinité.

— D'accord...

On s'en va, Paul et moi. Cette fois, c'est d'un cœur léger que je sors de l'immeuble. Il y a du soleil plein Montmartre et des balayeurs manœuvrent d'un air béat.

Au coin de la rue Lamarck et de la rue Caulaincourt, nous frétons un bahut.

Paul se jette dans le fond suivant sa bonne habitude, comme au cirque le cascadeur qui fait un saut périlleux en arrière.

Il tète son mégot déjà éteint. Il est plus tarte que jamais, ce pauvre chéri. Il se présenterait au concours du plus beau machin de singe, il décrocherait la timbale aussi sec.

Soudain il me demande :

— Tu connais Paname?

— Non, je débarque...

— Et y a longtemps que t'es icigo?

— Deux jours...

— T'étais jamais venu promener tes os ici?

— Jamais...

Quelque chose dans le son de sa voix m'inquiète... Il y a une espèce de petite lueur troublante dans ses yeux enfoncés.

J'attends... Je sais qu'il vient de penser à quelque chose qui lui met la puce à l'oreille. Pas de doute : j'ai fait une choserie et elle lui saute au cerveau d'un coup.

A tout berzingue, je récapitule l'ensemble des dernières heures. Je ne trouve rien.

Paul me fixe intensément.

— Dis donc, mec, il me fait. Si tu ne connais pas Paris, comment se fait-il qu'hier, t'aies eu l'idée de nous faire conduire à la gare Saint-Laga par le taxi? Comment connaissais-tu la petite entrée d'Amsterdam et celle de Rome? T'as pas hésité une seconde? Hein, dis voir?

Heureusement pour ma pomme, il en dit long, ce qui me donne le temps de gamberger et de vite dresser mon plan de défense. Je rigole.

— Ça alors, dis-je, très enjoué, ça prouve que j'ai de la mémoire et que je mets à profit la leçon des aînés. Chaque fois que Riri Langue Fumée venait faire un tour à Clermont, il me racontait sa vie d'ici... Il m'a dit que la gare Saint-Lazare, c'était l'idéal pour paumer un mec qui vous file, justement à cause de ses nombreuses sorties. Hier matin, je suis allé en reconnaissance...

Radieux, je me tourne vers Paul.

— Je suis pas un petit futé, dans mon genre, hein, Paul?

Satisfait, il murmure :

— Ça a l'air...

Je regarde par la vitre avec la mine avide du pégreleux qui est venu au Salon de la Machine agricole.

On trace du côté de la Fourche, puis on oblique un peu sur la gauche. Paul interpelle le taximan :

— Arrêtez-moi un instant devant le tabac du coin, ordonne-t-il.

La tire se range le long du trottoir.

Comme je m'apprête à en descendre, Paul me saisit le bras avec force.

— Non, reste ici... Je reviens.

Il descend et s'engouffre dans le troquet. Par simple déformation, je note mentalement l'adresse. Ça peut servir, on ne sait jamais. Voyez le Petit Poucet : qu'est-ce qui lui serait arrivé ainsi qu'à ses frelots s'il avait pas largué des cailloux tout le long de son chemin?

Paul est de parole : au bout de cinq broquilles, il ressort.

— T'as pas été long, je remarque.

Il ne répond pas. Il paraît préoccupé.

La préoccupation, c'est comme qui dirait son violon d'Ingres. Je respecte la méditation du gars.

Enfin il sort du tunnel. Et la bagnole itou, car nous suivons les boulevards extérieurs en direction de Maillot et, à chaque instant, la calèche s'engouffre dans un passage souterrain.

— J'ai téléphoné au type que je t'ai causé, dit mon compagnon.

— Ah!

— Oui...

— Je te remercie. Tu crois que ça donnera quelque chose?

— Pourquoi pas?

Il ne se mouille pas, le Pourri.

— Ça serait quoi comme boulot? je redemande.

— Il t'expliquera ça lui-même, si tu lui conviens...

— Parce qu'il a ses têtes, ton bonhomme?

— C'est le cas de le dire, murmure Paul, fugitivement égayé par cette image.

Je n'ai pas entendu l'adresse que Paul a jetée au chauffeur et je me demande où nous allons. On fonce nettement sur les beaux quartiers et ça m'épate parce que l'orée du Bois n'est pas précisément le quartier général des truands.

On stoppe avenue Mozart, dans l'ombre des acacias.

— Déquille! ordonne mon voisin.

Je me soumets aveuglément, trop heureux d'être pris en main par l'eczémateux. Je suis content comme tout et je trouve que la vie est consolable.

Nous nous trouvons maintenant au bord du trottoir, comme deux bédouins qui attendent le passage du Transsaharien. Le couvercle est aussi bath qu'en Afrique justement : dans les bleus soignés et il y a du zoiseau à tous les étages.

— Qu'est-ce qu'on attend? je demande.

— Ta gueule!...

Je me le tiens pour dit.

La radio sort en guirlandes sonores d'une fenêtre ouverte. Une gonzesse brame devant le micro que « tout ça c'est de la faute à tes yeux »... Je veux bien le croire.

Soudain, une grosse bagnole américaine noire se range devant nous, au ras du trottoir. Je n'y prête pas attention, me contentant de reculer un peu. Mais voilà Paul qui s'avance et délourde la portière arrière.

— Grimpe! fait-il entre ses dents.

J'obtempère.

A l'arrière de la guinde, il y a un type entre deux âges avec les cheveux gris, des lunettes ovales et un air infiniment sceptique. Il est nippé comme un Brummell et tient une serviette de croco contre lui.

Au volant se tient un chauffeur de grande maison en uniforme. Le larbin ne se détranche même pas pour nous regarder. Un vrai robot, ce tordu. Sorti de sa manivelle, il ne connaît rien.

Me voilà donc assis sur de la crème Chantilly entre le bonhomme aux sapes maison et Paul.

Paul grommelle un vague bonjour. L'autre en éternue un autre et me considère d'un œil mort, derrière ses carreaux. Pas de poignées de main, pas de salades. On sent que les rapports entre les deux hommes sont purement des rapports d'affaires.

— Voilà le gars en question, dit Paul.

Et il regarde ailleurs, car son turbin est accompli.

L'autre continue à me considérer d'une façon tellement insistante et froide que le rouge me grimpe au bol.

— Je vous signale aussi mon grain de beauté derrière l'oreille droite au cas où il vous échapperait, je murmure.

Sa lèvre inférieure s'abaisse un tantinet juste assez pour marquer le mépris.

— Vous m'avez parlé d'un garçon de valeur, Paul, fait le type, c'est tout juste un petit voyou de province...

Paul toussote, gêné.

Le gars a une voix aussi morte que son regard. Il est tellement calme que j'ai envie de lui téléphoner une prune au creux de l'estomac, histoire de lui faire perdre sa superbe. Mais je ne suis pas là pour jouer au con et assouvir mes bas instincts. J'ai mieux à faire.

— Quelle différence existe-t-il entre un voyou de province et un voyou de Paris? je demande froidement.

— Il est malpoli, de plus, fait le type.

Paul paraît sincèrement emmouscaillé. Il se dit qu'on ne l'y prendra plus à pistonner des tordus de mon espèce.

— Est-il plus impoli de demander un renseignement que de traiter quelqu'un de voyou? je poursuis, candide.

— Ta gueule! murmure Paul d'une voix presque angoissée.

Le regard direct et glacé que je balance au gars vaut dix sur dix. Il tente de me faire baisser les lampions, mais des clous; s'il se prend pour un cobra hypnotiseur, il se goure salement.

C'est d'un ton plus nuancé qu'il me demande :

— Comme ça vous venez de Clermont-Ferrand?

— Puy-de-Dôme, oui!

— Je connais Clermont, poursuit-il.

Comme tout à l'heure dans le taxi lorsque Paul me posait une colle, le signal d'alerte résonne sous mon crâne.

— Il paraît que le conseil municipal a fait enlever la statue de Vercingétorix sur la place de Jaude?

Une sueur me dégouline dans la raie du dos. Le chef, qui prévoit tout, n'avait pas prévu ça.

— Depuis quand? je fais, avec un haussement d'épaules. Depuis hier, sans doute, parce qu'il y a trois jours elle s'y trouvait encore...

Ses yeux m'indiquent que j'ai fourni une bonne réponse.

— J'ai lu un papier à votre sujet dans le journal, dit-il.

— Ça devait pas être à la rubrique théâtrale?

— En effet...

Il se caresse le menton; ce geste me rappelle le tic du Boss qui, lui, se masse la coquille à longueur de conversation.

— Il paraît que vous cherchez de l'occupation?

— En effet...

— Les offres d'emploi sont limitées pour un garçon qui vient de tuer un agent, vous savez?

— Je sais.

— Quel genre de travail aimeriez-vous faire?

— Quel genre de travail pourriez-vous me proposer?

Le tac au tac est à l'ordre du jour, comme vous pouvez voir.

Il a une espèce de vague sourire, mais peut-être n'est-ce qu'un effet de mon imagination.

— Paul, fait-il, après tout, ce garçon a du caractère...

— J'en ai, affirmé-je.

Du coup, le Pourri est requinqué. Il reprend du poil de la bête.

— C't'un numéro, affirme-t-il.

— Espérons que c'en sera un bon!

— Faites-moi confiance, dis-je d'un air de matamore.

— La modestie ne semble pas être votre qualité dominante?

— Non, mais vous verrez, je suis à la hauteur de ma vantardise.

— Seriez-vous intelligent? fait-il, surpris.

— Du moment que vous vous en apercevez, sans doute!

Alors là, il est sidéré. Peut-être que je vais un peu trop loin dans le baratin de luxe! Les barbiquets de Clermont ne doivent pas s'exprimer comme des mecs de l'élite. Attention, San-Antonio! Si le Vieux t'entendait, il retrousserait son nez pointu.

— Pour ce que j'ai à vous proposer, il n'y a pas besoin d'être intelligent, dit l'homme aux lunettes ovales.

— Je sais être très con, le cas échéant.

— Essayez de trouver votre ton entre ces deux extrêmes. Qu'on le veuille ou non, c'est l'homme moyen qui gouverne le monde.

— Je n'ai pas envie de gouverner le monde, monsieur heu...?

Il ne pipe mot.

— J'ai horreur des responsabilités, conclus-je.

Le gars fait claquer ses doigts.

— C'est bon, Paul... Prenez-le avec vous.

— Bien, monsieur.

Paul ouvre la portière et descend. Je le suis.

La bagnole n'a pas bougé, le chauffeur non plus.

Je me retourne.

— Au revoir, monsieur heu...?

Mais il ne se soucie pas de m'allonger son blaze.

Il a un petit signe lointain. L'auto démarre. Je bigle machinalement le numéro. La plaque minéralogique est crépie de boue. Impossible de la déchiffrer, tout ce que je sais, c'est qu'il s'agit d'un numéro français.

— Qui c'est, ce zigoto? je demande à Paul. Fantomas?

— Non, répond-il, son cousin!

CHAPITRE V

Nous restons un moment à glander sur le trottoir en attendant le passage d'un bahut.

J'ai le palpitant en fête parce que l'affaire se présente on ne peut mieux. Jusqu'ici, ça roule comme sur le parquet d'un skating. Le Vieux avait vu juste, me voilà dans le coup. Reste à savoir où ça me mènera et comment ça m'y mènera.

Enfin un taxi se pointe, à l'allure d'un cador qui a une patte cassée. On se propulse à l'intérieur.

— Rue de Lancry, 18, annonce Paul.

Je le regarde, il me regarde, on échange un pâle sourire.

— Écoute, mec, je murmure, je suis pas excessivement curieux de nature, mais tout de même, j'aimerais savoir ce qu'on va branler. On me dit qu'on m'engage pour un turbin sans me donner de précisions sur ce turbin. On joue aux

Mystères de Paris, revus et améliorés? Tout de même, c'est assez navrant!

Il hausse les épaules.

— Qu'est-ce que tu veux savoir?

— Des tas de choses... Par exemple où nous allons?

— Chercher une bagnole...

— Et ensuite?

— A la campagne...

Je fais la grimace.

— Moi qui viens à Paname parce que j'aime la grande ville...

Il hausse les épaules :

— La Santé aussi c'est la grande ville; avec ton numéro de Buffalo-Bill, tu t'y retrouveras bientôt. Laisse manœuvrer les grandes personnes, gars, ou alors prends-toi par la main et fous le camp, c'est comme tu veux!

Je préfère ne pas insister.

Rue de Lancry, il y a un garage privé. Paul, qui en a la clé, soulève le rideau de fer rouillé et offre à la clarté du jour une 404 noire un peu poussiéreuse.

— Vas-y, grimpe...

Il s'installe au volant, met le moulin en marche et attend quelques minutes pour que le circuit de l'huile s'établisse bien. C'est un homme vachement consciencieux.

— Tu crois que c'est prudent, Paul, de se vadrouiller en calèche en ce moment?

Il hausse les épaules.

— C'te bonne bourre!

— Suppose que tu te fasses arrêter par un perdreau? Notre gueule, tu parles, doit être tirée à la ronéo. Y a pas un matuche en liberté qui, ce matin, ne rêve de nous alpaguer...

— Pourquoi veux-tu que nous soyons arrêtés? rétorque-t-il. Tu penses bien que je ne suis pas assez crêpe pour avoir déclaré cette guinde sous mon blaze!

Je continue à jouer les inquiets.

— Y a des tas de mecs qui se font poirer par un bignolon pour excès de vitesse, doublage à droite ou stationnement interdit.

— Te caille pas le raisin, Bernard, je sais conduire.

On démarre et, en effet, je comprends qu'il sait piloter une voiture. Il va vite et bien. Pas une fausse manœuvre, pas un manquement au code! C'est du grand art.

Je ne dis rien.

Je ne sais pas si vous avez déjà été dans une situation semblable? Ça m'étonnerait, parce que vous avez des gueules à prendre de l'aspirine toutes les fois qu'on vous demande combien font deux et deux. Je peux vous dire qu'il est assez pénible d'être embarqué dans une aventure, sans savoir où elle vous conduira. Sans savoir non plus de quelle aventure il s'agit. Je me rappelle une vieille chanson qui commence par : « Quand on ne sait pas où l'on va, mais qu'on y va quand même... »

Moi, je ne sais pas où je vais, et je fais tout pour y aller. Enfin, c'est le métier qui veut ça. Et puis, dans le fond, l'inconnu c'est la plus bath des croisières.

Me parlez pas de voyages organisés au cours desquels on entasse une bande de cloches dans votre genre dans un car pullman tandis qu'un guide polyglotte déballe les beautés du paysage d'un ton navré.

— A quoi tu gamberges? me demande Paul.

— T'en veux trop, je renaude. Pas moyen de t'en faire décrocher une et tu voudrais savoir mes pensées intimes. Dis, mec, tu fais ta ménopause, non?

Il ne répond rien. Paul vient d'attraper les quais rive gauche et il bombe en direction de Javel.

Un moment s'écoule, on double la Tour et le Pourri remarque :

— Dis, t'avais la langue bien pendue, t't'à l'heure dans la bagnole... T'as de l'instruction?

— Je suis allé jusqu'au brevet, oui, mon

pote... Mes vieux voulaient que je sois instituteur... Tu te rends compte? Non, mais tu me vois enseigner le B A BA à des lardons?

Je ris...

— C'est un beau métier, fait Paul.

— Fermez le ban! Monsieur porte des slips tricolores comme Jean Nohain, sans doute?

Il me regarde.

— T'as la menteuse bien huilée pour un péquenot...

— C'est pas une question de latitude, lui dis-je.

Il traverse la Seine au pont d'Auteuil. Jusqu'ici nous avons roulé à vive allure, mais très prudemment. Dix minutes plus tard, nous empruntons l'autoroute et alors, le Pourri fait rendre le maxi à sa bagnole.

Notez que je me demande de plus en plus où nous filons aussi. Paul est décidément un type hermétique. Les mecs pour qui il marche ont bien choisi. Un zig pareil, c'est une pierre tombale avec rien d'écrit dessus!

Comme ce voyage c'est du temps mort, je prends le parti le plus raisonnable : celui de piquer une ronflette. Il fait doux, l'air est pur, la route est large et le jeu de la bête à deux dos pratiqué cette nuit avec Sofia m'a un peu liquéfié.

Je croise mes pognes sur mon burlingue, comme un brave papa lorsqu'il a fini de lire la crise sociale du mois, et je baisse mes stores pour cause de ronflette. Le bercement de la voiture est adéquat. Rien de tel pour vous expédier au patelin des rêves. Surtout qu'avec un chauffeur comme Paul, on peut se laisser aller en paix.

J'en écrase comme ça un sacré bout de temps. Lorsque je m'éveille, nous roulons à fond de ballon, sauf dans les villages où Paul, ne prenant aucun risque, s'aligne sur la vitesse prescrite.

— Où sommes-nous ? je demande.

— On a dépassé Rouen depuis un moment.

— Tu m'emmènes aux États-Unis, non ?

— Presque...

Je regarde l'heure au bracelet-montre prétentiard qui fait partie de mon personnage. Il est midi. L'heure du pastis, d'accord, mais avant tout l'heure de la tortore pour les estomacs, normalement constitués.

— T'as pas les crocs, Pourri ?

Il ralentit.

— Comment sais-tu qu'on m'appelle le Pourri ? Paul, je veux bien, ma nièce m'a donné ce nom, mais le sobriquet ?...

Comme quoi, les gars, sa méfiance est plus duraille que moi à endormir, et comme quoi itou on fait des choseries, même lorsqu'on s'appelle San-Antonio.

— Pas marle, je murmure, Fifi l'a assez gueulé hier lorsqu'on se pitrognait dans sa taule... T'avais les manettes obstruées pour pas avoir entendu !

Il enregistre, tout en conduisant. C'est un bonhomme qui aime bien regarder où il met les pieds.

— Tu savais que la taulière s'appelle Fifi ?

— Fifi les Belles Noix, tu vois que je suis au parfum !

J'explique modestement :

— C'est ce pauvre Riri qui m'a parlé d'elle !

— Ah ! oui, Riri...

Il demande à brûle-pourpoint :

— Tu connais sa polka à Riri ?...

— Non...

— Elle s'appelle Bernadette des Andelys.

— Ah ! Elle est chouïarde ?

— Une vraie madone !

— Quand on se blaze Bernadette, c'est normal...

Mais mes calembours le laissent froid.

— Elle a une autor pour voir Riri... Quand on sera arrivés, j'y téléphonerai en lui disant qu'elle lui donne le bonjour pour toi.

S'il croit me blouser, il se met le salsifis dans l'orbite! Et profond!

— C'est ça, je fais. Et qu'elle oublie pas d'ajouter que je suis en cheville avec tézigue, ça lui fera plaisir au Riri de savoir qu'un de ses pays se débrouille...

On ne dit plus rien, chacun ayant sa provision de gamberge à ruminer. C'est bibi qui, au bout d'un instant, demande :

— On bouffe avec les chevaux de bois? Tu m'as pas répondu.

— On bouffera en arrivant.

— Et on arrive bientôt?

— D'ici un quart d'heure.

Décidément il est maussade. Ce zouave commence à me battre les roustons! Non seulement il est moche à faire sauver un régiment de cosaques, mais encore il fait une gueule épouvantable. Ça va être joyce si je dois me farcir plusieurs jours en tête à tête avec lui!

Je bigle un panneau indicateur qui annonce Le Havre à quinze bornes.

Peut-être qu'on va visiter le *France*...

Mais non, trois kilomètres plus loin, Paul ralentit et vire dans un petit chemin aimablement bordé de pommiers. C'est la belle Normandie, grasse et douce comme une bergère!

Un vrai chromo pour jeune fille perturbée... Y

a même des vaches plantureuses dans des enclos et des maisons avec des toits de chaume.

J'entonne :

— « Je veux revoir ma Normandie... C'est le pays qui m'a donné le jour !... »

— Ta gueule ! ordonne Paul.

— T'aimes pas les voix de ténor ? je demande à Paul.

— Si, fait-il, c'est justement...

***

Maintenant, il roule molo à cause des ornières. Il tourne sur la gauche et stoppe devant une vieille propriété qu'on aperçoit au fond d'un parc ombreux. Une grille rouillée, aux barreaux en forme de lances, en interdit l'accès.

— On a drôlement pédalé, assure le Pourri, en biglant sa toquante.

Il appuie sur le klaxon et réussit un très joli morceau de « tagada-veux-tu ? ».

Au bout de l'allée, la maison paraît silencieuse. Les volets sont fermagas et pas le moindre filet de fumée ne monte du toit — ce que je m'exprime bien, tout de même !

— On va chez la Belle au bois dormant, Paul ?

Il ne répond pas, se contente d'actionner à

nouveau l'avertisseur en grommelant des trucs vagues.

Enfin, tout au fond, la porte de la cambuse s'ouvre. Un type balancé comme Rigoulot et vêtu d'une chemise jaune sur laquelle croît une palmeraie s'annonce à la grille.

Il a la démarche chaloupée des matafs et son œil droit est crevé. Il n'a pas poussé la coquetterie jusqu'à se mettre un lampion artificiel; il a même négligé le port de verres teintés.

Décidément, l'équipe que je découvre constitue une fort belle Cour des Miracles : un borgne, un eczémateux...

La chemise aux palmiers ouvre la grille.

— Te presse pas! rouspète Paul.

L'autre se marre.

— Y a pas le feu à ta bagnole, non?

Nous passons en trombe devant lui. Paul roule jusqu'à la maison et la contourne. Derrière l'habitation se trouve un garage.

Il y range son tréteau.

— Ça va, dit-il, amène-toi.

Il sort et exécute quelques mouvements musculaires pour se désankyloser.

La chemise jaune nous rejoint. Le gros type a les douilles taillées en brosse et il a oublié de se raser. Il me regarde de son unique châsse.

— Du renfort? interroge-t-il.

— Il s'appelle Bernard, dit brièvement Paul.

— Salut! dit le gros qui paraît aimer la société. Moi c'est Jérôme, dit Nonœil. Heureusement que vous voilà, on commençait à salement se faire tartir... Enfin, maintenant nous pourrons faire la belote.

D'où je conclus qu'il y a un autre occupant.

Le quatrième larron est un Italien au visage triangulaire dont j'ai souvent biglé la frite au fichier de la grande turne.

Il se nomme Pantaroli et il est recherché pour meurtre par quatre ou cinq polices européennes. Interpol ne dort plus lorsqu'on prononce son blaze à haute voix.

C'est le genre hystéro. Il se bourre le pif de neige et pique des colères maison... Dans ces cas-là, les gens qui l'entourent perdent la vie.

Il est petit, mince, sournois, avec des yeux extrêmement mobiles qui vont et viennent sous de longs cils langoureux. Presque pas de lèvres. Un curieux petit naze en pied de chaudron... Et une chevelure calamistrée, style Vitabrille... Il doit faire fureur chez les soubrettes et les douairières.

Il me toise avec une lueur mauvaise dans ses châsses pétillants.

— Qu'est-ce té nous amène, Paolo? fait-il en me désignant.

— Un nouveau, dit le Pourri, Et un vrai petit tueur, il a descendu un flic cette nuit, sous mes yeux...

Pantaroli devient cordial. On lui a balancé mes lettres de créance et ça lui suffit.

— *Bene,* dit-il en me tendant la main.

Sa pogne est froide comme celle d'un serpent, dirait André Billy. Ce contact m'est pénible et je m'essuie subrepticement la dextre après mon futal.

Jérôme le borgne est un franc luron. Il ne pense qu'à la tortore...

— Vous tombez pile sur ma choucroute, dit-il. J'ai eu du nez d'en prendre une charretée!

Il fonce à la cuistance.

— Assieds-toi, dit Pantaroli.

Je confie mon postère à un fauteuil. La maison où nous venons d'aborder est vaste et nue. Il y a le strict minimum en fait d'ameublement. Elle pue le froid et l'humidité. Comme les volets restent fermés, ça n'arrange pas les choses.

Paul et Pantaroli parlent de types que je ne connais pas. J'ai beau prêter l'esgourde, je n'arrive pas à entraver ce qu'ils disent... Je suis un peu étourdi par mon somme et par le grand air. Je me demande ce que ces boy-scouts foutent en pleine nature... Ça me paraît pas catholique du tout.

— Dis donc, fais-je à Paul, profitant d'une interruption dans sa conversation avec le Rital, c'est gentil mais un peu triste, ce cottage. T'as loué ça pour les vacances?

Pantaroli éclate de rire.

— C'est la turne à Petit-Dédé, fait-il.

J'ai entendu parler du gars.

— C't-un Belge, ce mec, non? Il marne pas dans la neige?

— Si... et il a loué cette boîte pour se planquer en cas de coup dur...

Je vois que Paul se renfrogne. Sa discrétion foncière se hérisse lorsqu'il entend un collègue à lui jacter de choses qui le touchent.

Panta, lui, c'est juste le contraire. Comme tous les Napolitains, il faut qu'il jacte. M'est avis qu'un tête-à-tête avec lui m'en apprendrait davantage que trois mois de cohabitation avec Paul.

Sans insister, je m'approche d'une boutanche de Cinzano posée sur un meuble et je m'en administre un grand verre, format grand garçon.

— Tou bois en Souisse, dit le Rital.

— Excuse, mais j'ai la pépie...

Sur ce, Jérôme la Limace jaune se la radine

pour nous annoncer que sa choucroute fume comme un tas de fumier frais.

On se pointe à la cuisine. Il a fait les choses en grand. L'assortiment est varié. Il a acheté la moitié d'un goret au moins. Nous nous mettons à mastéguer en poussant la tortore à grands coups de pichetegorne.

C'est le silence religieux des tablées d'hommes affamés.

On n'entend que la polka des mandibules, avec, comme accompagnement, les bruits de fourchettes et les glouglous du picrate dans les godets.

Tout en jaffant, je me dis que la vie est curieuse. Avant-hier j'étais en train de poinçonner une paulette sur les bords de la Seine, et maintenant je m'alimente au milieu d'un ramassis de hors-la-loi aux casiers aussi garnis que cette choucroute!

De quoi demain sera-t-il fait? comme dit Félicie. Mystère et poil à gratter!

Le repas expédié, nous retournons dans la première pièce. Jérôme pose une bouteille de marc et un jeu de cartes sur la table.

— On va faire les rois, dit-il.

On fait les rois et je tombe avec Pantaroli.

La guerre des nerfs! Moi qui ai une sainte horreur de la belote, me voilà obligé de me farcir un nombre incalculable de parties... J'enrage... Si au moins je savais ce qui se prépare ici. Combien de temps vais-je y rester?

J'ai une migraine de cheval lorsque la nuit vient. La vue des cartes me file la nausée. Seize belotes qu'il nous a obligés à faire, Jérôme. Je le scierais en deux, lui et ses palmiers.

J'ai gagné cinquante lacsés, mais ce bénéf ne calme pas ma mauvaise humeur.

Je descends à la cuisine, histoire d'attraper un morcif de frometon et je demande à mes « compagnons » s'il y a un endroit où je peux me zoner.

Paul a un étrange sourire.

— Te coucher? fait-il. T'es pas dingue? Tu crois qu'on t'a pris avec nous pour tirer ta flemme? Allez, gi, ça va être l'heure...

— Déjà? fait Jérôme.

— Oui...

Paul sort de sa poche un horaire des chemins de fer, région ouest. Il le compulse tout en grattant son eczéma. Pantaroli va à un portemanteau où pend un imperméable. Il sort de la poche du vêtement un étui de flingue en cuir muni d'une courroie.

— Mince! fais-je d'un air pénétré d'admiration, t'es outillé, toi! Et à l'américaine encore!

Il pose sa veste, ajuste le holster et tire amoureusement le pétard de sa gaine.

— P. 38, annonce-t-il fièrement, ça, tou vois, cé dé l'arme dé précision...

Il souffle sur le canon et le frotte sur sa manche. Il a suivi des cours du soir chez *Gary Cooper,* sans doute. Ces gestes-là, j'avais dix ans que je les voyais tous les dimanches en matinée au petit ciné de la rue de Charonne où j'allais compléter mon éducation.

Il vérifie les pralines, puis il soupèse sa mécanique à tricoter du macchabée et finit par la remiser à regret...

Paul plie l'horaire.

— On va s'annoncer, dit-il, va chercher ton matériel, Nonœil.

Docile, Jérôme liche son godet de picrate et décarre par la porte du fond. Il revient un instant plus tard, après avoir passé sur sa limace en gévacolor une veste à fermeture Éclair. Je remarque qu'il tient une petite valoche à la main.

— T'es sûr d'avoir ce qu'il te faut, plombier? demande Paul.

— Tu permets, je pisse encore tout seul, proteste Jérôme, vexé.

Pantaroli a un curieux visage crispé. Il est

tendu et n'a plus envie de parler. L'approche de l'action lui tire étrangement les traits.

— En route! fait-il.

Nous sortons. Une superbe lune intégrale roule à travers les nuages. Des grillons accordent leurs instruments et l'air sent la bonne saison.

Nous embarquons à bord de la 404 de Paul. Celui-ci reprend le volant.

Pantaroli prend place à côté de l'eczémateux. Le gros Nonœil et sa valoche me coincent contre la portière arrière droite.

Les deux de devant fument. Jérôme entonne d'une somptueuse voix de fausset « O Magali, ma bien-aimée! »

Impitoyable, Paul lui demande de fermer sa grande gueule, mais on ne fait pas taire l'homme aux palmiers aussi facilement.

Il lâche « Mireille » pour « Lakmé », ce qui n'arrange pas les choses.

Nous suivons en sens inverse le petit chemin qui rejoint la grand-route. Parvenus sur la Nationale, Paul me demande :

— Ho! Bernard, est-ce que tu sais conduire?

— Un peu, mon neveu...

— Bon, alors ouvre tes mirettes, gars, bientôt ça va être à toi de jouer.

Je risque une question.

— Où allons-nous? Pêcher les écrevisses?

— Quèque chose dans ce genre...

J'entends Pantaroli chuchoter à l'oreille du Pourri :

— Comment, il est pas au courant?

L'eczémateux a un geste agacé.

Une fois encore nous quittons la grand-route, mais cette fois c'est pour prendre un chemin à gauche. Nous parcourons deux à trois cents mètres et nous arrivons à la voie ferrée Le Havre-Paris. A cet endroit, elle passe en rase campagne.

Jérôme ouvre la porte de son côté et descend. Il est très calme, toujours rondouillard de corps et d'esprit.

— A t't'à l'heure, les potes!

Dans la lumière des phares, je le vois s'éloigner, son petit nécessaire à la main. Il sifflote « La fleur que tu m'avais jetée... »

Tous trois nous le regardons s'engloutir dans le noir.

— Il aime l'opéra, observe Pantaroli.

— Oui, dit Paul, mais l'opéra ne l'aime pas.

Il descend de voiture.

— Bernard, prends ma place...

— Mais je...

— Tu quoi? Tu sais conduire, oui ou non?

— Oui...

— T'as déjà conduit des 404? La première est à toi en bas, la seconde...

— Ça va...

— Bon, alors fais demi-tour...

Je m'assieds au volant et j'exécute une manœuvre impeccable.

— Écoute-moi bien, enchaîne Paul. Tu vas retourner à la route et prendre à gauche en direction du Havre. Repère bien le coin, car t'auras à y revenir dès que tu nous auras déposés au Havre, vu?

— Le coin, dis-je, c'est-à-dire l'endroit où on a largué le Gros?

— Juste. Du reste, il t'attendra. Te goure pas, il y a plein de petites routes secondaires dans les parages.

Comme nous parvenons au carrefour, il me dit :

— Tiens, prends comme repère ce poteau de signalisation cassé.

— T'occupe pas, Paul, j'ai le sens de l'orientation.

— Alors fais fissa, nous avec Panta, on a un dur à prendre...

Cette fois, les gars, j'ai le net sentiment que nous entrons dans le vif du sujet. Pas vous?

CHAPITRE VI

Je connais Le Havre comme ma poche, mais je préfère jouer au gars perdu.

— A droite, me dit Paul. Suis les panneaux marqués « Gare » et tâche de te repérer pour le retour, faut que tu sois là-bas dans une demi-heure.

— C'est plus qu'il n'en faut, puisque j'ai pas mis vingt broquilles pour venir.

Malgré mon assurance, il est inquiet. Pantaroli ne dit rien. Il boutonne sa veste lie-de-vin, lisse le pli de son futal et remet son holster en place.

Je m'arrête devant l'immense bâtiment flambant neuf de la gare.

— Ça boume, laisse-nous là et taille-toi, m'enjoint le Pourri.

— Pas de consignes spéciales?

— Aucune! Tu vas retrouver Nonœil et tu fais ce qu'il te dira.

— O.K.

Je laisse là mes deux pionniers du coup à l'envers et je fais demi-tour.

Le Havre est illuminé comme une fête foraine. Il y a du trèpe plein les rues parce qu'on est samedi et que c'est le jour béni des travailleurs. Un peu de viande soûle çà et là, pas mal de matafs et, par exception, pas une goutte de flotte. C'est ce qui m'épate le plus. Moi je n'ai jamais pu venir dans cette ville sans qu'il en tombe comme vache qui se soulage!

— Tiens! v'là que je deviens poli.

En passant devant une brasserie, il me vient une idée. J'arrête mon bahut le long du trottoir et je m'engouffre dans l'établissement.

— Un double rhum, dis-je au garçon. Vous avez l'inter ici?

— Oui, m'sieur, voyez sous-sol.

Je dégringole une volée d'escadrins — ce qui vaut mieux qu'une volée de bois vert — et j'atterris devant une madame Pipi qui tricote en rêvant qu'elle vient d'épouser l'Agha Khan et que ce dernier vient de lui offrir un yacht (mentalement elle prononce yatche) comme cadeau de noces.

Je me plante devant son rêve.

— Siouplaît, madame...

Elle me fustige d'un regard empli d'une tendre mélancolie.

— Qu'est-ce que vous voulez?

— Paris...

Cette requête ne la déroute pas.

— Quel numéro?

Je lui enfile celui du Boss en faisant des vœux pour que le Vieux soit à l'autre bout. Mais mes appréhensions sont vaines, le patron est toujours à son burlingue, c'est à croire qu'il y couche. Une seule fois il n'a pas répondu à mon appel, et encore c'était parce que j'avais composé un mauvais numéro...

— C'est vous? dit-il avant que j'aie eu le temps d'allonger mon blaze.

Je crois qu'il m'identifie à ma seule respiration. Ce type, franchement, c'est une épée dans mon job.

— Oui, patron.

— Vous êtes sûr que...?

— Je suis bien seul et pas suivi...

— Vous appelez du Havre, paraît-il?

— Oui.

— J'ai vu que tout s'était bien passé côté mise en scène, dit-il.

Je lui résume brièvement mes agissements des dernières vingt-quatre heures.

Il m'écoute sans piper mot. J'entends le léger

bruit que fait son crayon tapotant le cuir de son sous-main.

Pour conclure, je dis :

— Voilà, nous avons laissé le dénommé Nonœil en bordure de la voie ferrée et j'ai amené Paul le Pourri et Pantaroli à la gare du Havre. Je dois immédiatement retourner auprès du Gros. Vous avez une idée de ce qui se passe?

— Une seconde! fait-il.

Je l'entends très vaguement parlementer sur une autre ligne. Je commence à me faire vieux.

Enfin il revient à moi.

— Le paquebot *France* est arrivé au Havre voilà une heure, dit-il. A part ça, je ne vois rien de particulier à signaler. Il est probable que le train que vont prendre les deux hommes est celui-là même qui assure la correspondance avec la gare maritime...

— Vous croyez?

— Oui...

— Alors?

— Alors rien, continuez, jouez le jeu jusqu'au bout.

Je répète mollement :

— Jusqu'au bout?

— Oui, fait le Vieux.

— C'est un jeu qui peut mener loin...

Il se renacle la gargante.

— Dans notre métier, on va toujours plus loin qu'il ne faudrait.

Je n'insiste pas.

— Entendu...

Je raccroche, règle ma communication à la madame Pipi en délire et monte siffler mon double rhum qui commence à s'éventer sur le rade.

Je sors.

La nuit est de plus en plus belle, mais s'il y a des clous au ciel (si je force un peu sur le lyrisme, prévenez-moi et faites monter de la bière!), il y a par contre un agent devant ma voiture et il la regarde comme une ménagère flamande regarde le gros caca qu'un toutou a déposé au milieu de son parquet ciré.

Je m'avance. Il se tourne vers moi, gourmand. Lui, c'est le bourdille de l'espèce sadique; le mec qui regarde tous les civils avec des yeux furibards.

— C't'à vous cette bagnole?

— Pas exactement, m'sieur l'agent, c'est celle d'un de mes amis...

— Enfin, vous en êtes responsable?

— Oui...

Il se pourlèche.

— Vous voyez pas que vous êtes en infraction?

— En infraction?

— C'est interdit de stationner ici, vous êtes sur la voie du tramway...

— Faites excuse...

— Je vais vous dresser procès-verbal...

Je lui boufferais le nez, à ce crétin! Je suis déjà à la bourre à cause de ce coup de tube qui m'a retardé et le voilà qui me cherche du rififi!

Si au moins j'avais ma carte; mais pour me lancer dans ce turbin vous pensez bien que je me suis délesté de tous les papiers compromettants!

Je n'ai pas de permis de conduire! Et, bien pis que ça encore, Paul le Pourri a omis, dans la précipitation, de me laisser la carte grise du véhicule... Un gamin de soixante-quinze ans en chialerait! Les voilà bien les croche-pieds du hasard... Tout allait trop bien.

— Alors, s'impatiente le poulaga, ça vient, oui?...

Je jette un coup de saveur devant et derrière moi. La rue est vide.

— Ça vient, fais-je en lui téléphonant un crochet au plexus.

Il exhale un soupir qui gonflerait un pneu de camion. Il se penche en avant et se met à dégueuler sur le trottoir.

Vite, je grimpe dans la tire et je fous la sauce.

J'ai eu chaud. Seulement c'est con cette histoire, parce que, nature, le poulman a certainement dû bigler mon numéro pendant qu'il faisait le pied de grue. Et ce numéro, il va le faire signaler à toutes les patrouilles volantes, ce qui va singulièrement compliquer la situation.

Je bombe à l'allure d'un aérolithe. La banlieue grise du Havre défile... J'abandonne enfin ces putains de rails de tram, cause de mes avaros, et je retrouve le brave goudron des nationales.

Il ne me faut pas un quart d'heure pour retourner en bordure de la voie ferrée. Une ombre est immobile sous un arbre. A sa masse je reconnais Nonœil.

Il s'avance, son nécessaire à la main.

— Merde, t'as fait une belote en route, rouscaille-t-il.

— Oui, dis-je, avec un flic... Paul a oublié de me laisser la carte grise; manque de pot, un perdreau me l'a demandée...

— Et qu'est-ce tu lui as dit?

Je ricane :

— Je ne lui ai pas dit, je lui ai fait...

Il me propose un paquet de Camel. Bien que n'aimant pas les amerlocks, j'en allume une.

— Bon, qu'est-ce qu'on branle maintenant?

— On attend, dit le Gros, tranquille.

— On attend quoi, mec?

— Ben... le train... Paul t'a rien dit?

— Oh! lui, il n'est pas porté sur la jactance. Il joue la muette à longueur de journée, tu le connais. Et suffit que je sois nouveau pour qu'il me considère comme un colombin! C'est vrai, ça, le Pourri il est discret... Ça doit venir de son eczéma qui le rend sombre!

— Ça doit, admet Nonœil en tirant une goulée béate.

Je reprends :

— Bon, on attend le train, et après?

— Après, fait-il, il reste plus qu'à souhaiter que tout aille bien...

— Oh! dis, gros, accouche un peu. Tu veux pas faire un marathon de bouche cousue avec Paul? Si ma gueule ne vous revient pas, dites-le, j'irai vendre des moules...

Il rit.

— C'est pas pour te faire languir, c'est pour te faire la surprise. Tu vas voir...

Il pointe le doigt au ciel afin de réclamer mon attention. D'abord je ne perçois que le crépitement de la nuit forée par les millions d'insectes... Puis, enfin, un lointain grondement me parvient...

La frime de Jérôme s'épanouit.

— Le train, murmure-t-il, radieux.

Je le regarde, je regarde sa petite valise.

— Nom de Dieu! fais-je en blêmissant, tu ne vas pas me dire que t'as déboulonné la voie?

— Non! dit le gros, t'es malade? Paul et Panta sont dans le dur!

— Alors?

— J'ai posé des pétards...

— Pour quoi faire?

— Pour faire stopper l'express...

Il se marre :

— Il s'est encore jamais arrêté ici, crois-moi...

— Et pourquoi veux-tu qu'il s'arrête?

— T'es bouché, gars, ronchonne-t-il. Faut bien que les potes descendent avec leur client...

Je n'insiste pas. D'un seul coup je viens de réaliser le micmac. Il s'agit d'un kidnapping! Je me remémore les paroles du Vieux : « Le *France* est arrivé... Le train fait la correspondance avec la gare maritime... »

Oui. Et il y a « quelqu'un » dans ce train que les gangsters ont pour mission d'appréhender.

Leur astuce est simple : faire stopper le convoi en pleine cambrousse et profiter de la confusion pour obliger le « quelqu'un » en question à descendre...

Le train s'annonce en grondant. Son rougeoiement troue la nuit et laisse dans le ciel une guirlande orangée, vaporeuse, clignotante...

C'est chouette à regarder, un train dans la nuit.

Nonœil a le visage un peu tendu. Cette gravité ne lui va pas du tout. Tel, avec son châsse crevé et ses tifs hérissés, il ressemble à un mauvais personnage de comédie.

— Pourvu que les pétards partent bien! dit-il

Le train nous dépasse en produisant un ouragan qui fait tressaillir la voiture rangée le long de la voie.

Puis, à peine le fourgon de queue nous a-t-il doublés que retentit une très forte explosion.

— Ah! bon, murmure le gros.

Le train continue un instant sa course. Un second pétard explose.

Nonœil se tourne vers moi.

— J'avais fait bonne mesure, dit-il. Tu te rends compte comme je me défends bien?

— Compliment, fais-je, un peu fébrile je l'avoue.

— Commence à faire tourner le moulin, ordonne mon compagnon, quand les aminches seront là, faudra pas moisir, espère un peu!

J'obéis.

Le train vient de stopper assez loin d'ici. On entend des exclamations.. Des tronches meublent les encadrements de portière...

Un moment s'écoule, puis trois ombres

dévalent le talus de la voie... J'identifie facile Planta et Paul... Mais il y a avec eux un petit bonhomme tout rond, tout chauve, avec des lunettes.

Le petit vieux est essoufflé, ce qui lui ôte la possibilité de crier. Panta le tient par le collet et lui montre sans cesse son fameux pétard dont il est si fiérot. Il a dû paumer son bada car il n'est pas homme à se baguenauder tête nue avec une coquille aussi désertique.

Jérôme ouvre la portière arrière. Il pousse le petit vieux dans la guinde, Panta contourne et s'installe aussi derrière. A eux trois, ils n'ont pas beaucoup de place pour remuer...

— Pousse-toi ! ordonne Paul.

Il prend ma gache au volant. Lui aussi est essoufflé. Il a la bouche entrouverte, ce qui ajoute à sa bouille hideuse une sorte d'affreux rictus. Son regard brille dans la pénombre...

— Fissa ! dit Jérôme... J'aperçois du mec sur le ballast, qui s'avance par ici...

Le petit vieux qui vient de retrouver pour trois francs cinquante d'oxygène se met à gueuler à la garde dans une langue que je ne connais pas. Pantaroli lui retourne une beigne en pleine terrine; le coup envoie valdinguer les besicles du petit vieux. Sans ses carreaux il a l'air complètement paumé. Ses mirettes ressemblent à celles d'un batracien... Il sanglote en balbutiant des trucs vagues... Nous revoici sur la grand-route.

— Ça s'est bien passé pour toi? demande Paul...

— Non, justement, je voulais te dire : t'as oublié de me laisser ta carte grise...

Il tourne brusquement la tête. Ses yeux enfoncés flamboient.

— Et alors?

— Alors, nature, un flic m'a demandé les papelards et j'ai été obligé de l'étendre...

— Tu l'as buté?

— Non, un crochet au foie ou au plexus, il est encore en train de dégueuler.

Il y a un petit silence.

— Moche! remarque Pantaroli, derrière. Est-ce qu'il a pu relever le numéro?

— Je le crains...

— Faudra changer la plaque en arrivant à la maison, dit le Rital à Paul. T'en as de rechange au moins?

— Non, fait Paul, mais j'ai de la peinture...

Un nouveau silence. Le petit vieux s'est arrêté de gémir. Il se laisse aller.

Paul me demande à brûle-pourpoint :

— Pourquoi qu'il t'a arrêté, le perdreau?

— Je m'étais engagé dans un feu rouge, juste comme l'orange finissait. C'était un râleur.

— T'as pas eu d'autres anicroches?

— Non, tu trouves pas que c'est suffisant?

— Si. T'es con, tout de même, d'avoir brûlé un feu rouge...

— J'étais pressé, tu m'avais tellement dit de faire vite! Et puis, je te le répète, il était pas au rouge quand je me suis engagé dans le carrefour.

— Heureusement qu'on n'a pas loin à aller, remarque Nonœil, on regagnerait Pantruche tout de suite, tu peux être certain qu'on rencontrerait de la volaille sur le chemin...

— Oui, heureusement, fait Pantaroli.

Il ajoute :

— Mais tout de même, t'es manche, Bernard...

— Pourquoi? je me rebiffe.

— Mais... parce que sans avoir de papelards tu stoppes quand un poulet te siffle!

— C'est vrai, ça, renchérit Paul, toujours prêt à la rouspétance. Pourquoi tu n'as pas filé au lieu de l'assaisonner?... On allait sur une grosse contredanse, c'est tout, alors que maintenant c'est tout de suite le genre chasse à l'homme...

Il est enquiquinant, avec ses éternelles objections.

— Oh! Tu me fatigues, Paul, je crie soudain.

Merde! T'es duraille à vivre, soit dit sans te vexer. Vous pensez bien, les gars, que si je me suis arrêté c'est qu'il avait pas mèche de faire autrement. Un gros c... de camion traversait le carrefour, un Bourgey-Montreuil s'il vous faut de la précision!

« Je pouvais pas lui rentrer dans l'œuf? J'ai préféré stopper. Le flic s'est radiné tout de suite, je suis descendu, le temps que la circulation s'écoule et je lui ai mis un pain. Ça suffit, non? »

Paul ne répond pas. D'un hochement de tête, il nous montre la route, devant nous, au milieu de laquelle s'agitent des lumières...

CHAPITRE VII

Jérôme pousse une kyrielle de jurons qui feraient rougir un charretier.

— Nom de Dieu de merde! conclut-il, je parie que c'est à cause du poulet que Bernard a télescopé!

Moi, je ne fais pas fiérot. Franchement, je regrette mon coup de tube au Vieux qui nous a filés dans un merdier semblable. Le plus angoissant c'est que je suis au milieu des truands, obligé de jouer leur jeu sous peine de me faire décrasser au chalumeau!

Je serre un peu les amandes, je vous jure.

Paul a ouvert la boîte à gants de la tire et s'est emparé d'un appareil à envoyer la fumée. Il le glisse dans la poche intérieure de sa vestouse.

— On va jouer serré, dit-il. J'ai les fafs de la bagnole. Si le poulet n'a pas relevé le numéro on est bonnard. Veillez bien à ce que le vieux ne la ramène pas!

— T'inquiète pas! dit Pantaroli.

Il incline le gros zig chauve en avant et lui télégraphie un gnon maison à la base de la terrine. L'autre s'endort presto.

Là-dessus, si je puis dire, nous parvenons au barrage de gendarmes. Ils sont au nombre de trois : un brigadier et deux moustachus. Il y en a un avant qui joue à *l'Auberge de la Jamaïque* en balançant une calbombe au milieu de la chaussée, et deux autres qui parlementent avec les occupants d'une bagnole américaine.

Personne ne pipe mot dans notre groupe. Paul, qui s'est muni d'un cache-col, le remonte sur le bas de son visage, histoire de dissimuler sa frime bouffée aux mites.

Il prépare son larfeuille et attend, d'un air indifférent. Jérôme fait semblant d'en écraser, ce qui est encore le meilleur moyen de planquer son lampion crevé. Pantaroli regarde d'un air fureteur, avec l'œil du géomètre relevant le cadastre.

La ricaine déhote.

— Si tu mettais la sauce? je dis à Paul.

— T'es louf! murmure-t-il.

Et il me désigne deux motards, devant nous, que l'autre tire me masquait. Évidemment y a pas grand-chose à tenter avec un tel tandem devant soi.

Je baisse le bord de mon bitos sur mes yeux et je laisse venir en priant ferme mon ange gardien d'arranger le coup. Mais mon ange gardien a dû aller au cinéma, car les choses se gâtent dès que le brigadier se met à examiner la carte grise. Il tique salement en lisant le numéro d'immatriculation de la tire.

Il va à l'avant de la 404 pour vérifier la plaque. Puis il appelle ses deux collègues.

— Ho! les enfants! dit-il.

Les pandores s'annoncent.

— Quoi? fait le plus vif d'esprit.

— C'est la voiture en question...

Celui qui tient la calbombe, trouvant l'éclairage du plafonnier insuffisant, nous colle son faisceau dans le portrait. Il y a un instant de silence. Les trois gendarmes nous scrutent comme des pêcheurs de perlouses scrutent le fond de la mer.

L'un des motards, voyant qu'il se passe quelque chose, lâche sa péteuse et se pointe à la rescousse.

— Eh bien! quoi? demande Paul de sa voix neutre, un tantinet bougonne. Je suis en règle?

Le brigadier porte des baffies à la Clark Gable. Il les lisse du dos de la main.

— Votre véhicule est recherché, dit-il. Vous

avez « agressionné » un gardien de la paix, au Havre.

Paul comprend que c'est tordu, mais il risque encore de la même voix tranquille.

— Moi, j'ai agressé un gardien de la paix? Vous plaisantez, je suppose?

— On n'a pas l'habitude de plaisanter avec le travail. Votre numéro a été communiqué par la victime... Pas d'erreur, c'est vous... Par exemple l'agresseur était seul; qui sont ces gens?

— Des amis...

— Vos papiers à tous!

Cette fois j'ai la profonde, l'intense certitude que nous touchons au fond du problème.

— Voilà les miens, dit Pantaroli.

Prompt comme l'éclair il cramponne son feu et défouraille par deux fois par-dessus l'épaule du Pourri dans le placard du pandore qui obstruait la portière.

Le gendarme ferme les châsses et crie :

— Fumier...

Il y a d'autres cris, dehors... Un drôle de branle-bas...

— Vite! gueule Jérôme, démarre, mec... Ça va vaser de la prune d'Alsace!

Il a pas besoin de cette exhortation. Paul a déjà branché la seconde directo et arrache la bagnole dans un magistral coup d'accéléro.

— Merde! fait Paul.

Par une de ces étrangetés dont le hasard est costumier, comme dit le gars Béru, le brigadier que le Rital a flingué est tombé lentement et la bride de sa sacoche s'est accrochée à la poignée de la voiture. Si bien que nous le traînons sur la route.

Je suis un peu pâle des genoux et moite du calcif, j'avoue. M'est avis que cette enquête qui avait si bien commencé tourne sauvagement au vinaigre! Et ce par la faute de San-Antonio! Comme coup foireux, on ne réussit pas mieux! Mais je n'ai pas le temps de m'abandonner au farouche désespoir des âmes ulcérées. Il se passe trop de choses à la fois qui sollicitent mon attention. D'abord, comme l'a fait remarquer Jérôme, ça crache de la valda dans le secteur. Le motard qui s'était approché a eu vite fait de dégainer sa rapière. Et il tire juste. Probable qu'il passe ses loisirs chez Gastinne-Renette! La vitre arrière, pour commencer, fait des petits. Le vieux kidnappé, revenu de son erreur, recommence à pousser des cris d'orfèvre! Il se jette à genoux. Panta se met à genoux aussi, mais sur la banquette et il profite de ce que la vitre s'est trouvée pâle pour faire des cartons par l'ouverture.

— Ça y est! exulte-t-il, je l'ai eu au bras!

Paul continue de sacrer, le corps du brigadier que nous traînons freine notre allure et entraîne la direction sur la gauche. Pas moyen de larguer cet étrange colibard sans s'arrêter. Or il n'est pas question de s'arrêter.

Nous èntendons brusquement une pétarade... Le second motard nous file le train. Il a vu ce qui se passait, s'est planqué sous un arbre pour nous laisser passer car il a tout de suite pigé que s'il se carrait devant notre os Paul ne lui ferait pas de cadeau. Maintenant il bombe sur la route en tenant son guidon d'une seule main. Et ce gnace, croyez-moi, il a dû être élevé par Buffalo Bill, parce que pour être un as c'est un as. Il monte sa ronflante exactement comme s'il s'agissait d'un bourrin bien dressé.

— Plus vite! Plus vite! brame Jérôme.

Lui aussi a dégauchi une rapière, mais il ne tire qu'avec parcimonie. Cette corrida ne semble pas de son goût.

Il préfère le steak tartare à la bataille des Flandres. Jérôme, on ne peut pas lui donner tort...

— Plus vite! répète-t-il. Plus v...

Et il la ferme parce qu'une dragée vient de lui entrer dans la pommette, juste — ô ironie! — sous son bon œil. Ça lui a éjecté le lampion de l'orbite. Une grosse boule blanche et sanglante pend sous sa joue... C'est fou ce que ça peut être mahousse un œil entier! Un vrai carreau de bœuf! Entre lui et le brigadier qui traîne sur le goudron, on peut se présenter au Grand Guignol; illico qu'on y sera admis. Notre spectacle n'est peut-être pas littéraire, mais pour ce qui est de l'épouvante, inutile de louer un vieux manoir en Écosse! Joignez à ce cirque les coups de flingue, l'odeur de la poudre, le phare de la moto qui zigzague derrière nous, ceux des autres voitures que nous croisons sur la route et qui s'arrêtent pile en se demandant à quoi on joue et vous aurez une faible idée du petit enfer à roulettes au milieu duquel je suis tombé.

Le vieux chauve ne dit plus rien. Pas fou, il s'est accroupi à l'arrière de la 404 et je n'aperçois que le sommet de son croûton, brillant comme une opale.

Paul se fout en renaud.

— Merde! dit-il, assaisonne-le ou il va nous seringuer les uns après les autres! Faut que je m'arrête pour décrocher le matuche, ses cannes font frein...

— Et merda! lance Pantaroli.

Mais l'autre est un futé. Et puis il a pour lui une chose fameuse : grâce à son plein phare, il voit distinctement Pantaroli lorsque ce dernier le met en joue... Au dernier moment, d'un coup de dargeot il fait dévier sa bécane.

Le motard cesse de tirer parce que son magasin est vide. Il n'a pas la possibilité de recharger. Maintenant, il tient son guidon à deux mains et nous suit, simplement pour ne pas nous paumer... Ça peut durer longtemps, ce manège. Il sait que les gendarmes, à l'arrière, ont donné l'alerte et que le renfort est déjà en route. D'une minute à l'autre nous risquons de tomber sur un barrage et alors ce sera la fin, parce qu'au point où ils en sont, Paul et le Rital vendront leur peau au prix fort ét dans la bigorne y aura sans aucun doute quelques pruneaux pour votre petit ami San-Antonio!

Ah! je me sens mal parti.

Soudain, Pantaroli crie :

— Arrête! Il a plus de balles!

Paul freine sec. Le motard a juste le temps de braquer à gauche pour nous esquiver. Il passe à côté de nous comme une rafale. Le temps d'apercevoir sa masse enveloppée de cuir, sa plaque brillante, ses lunettes remontées sur le casque, un visage pareil à un bois gravé...

Maintenant il est devant. Pas fou il continue à bomber car il a pigé l'astuce. Panta n'a pu le flinguer au passage car la vitre de côté était remontée.

— A toi! crie-t-il, à toi, Bernard!

Je tire mon feu, pas de danger que je l'empêche de penser avec cet engin, vous vous rappelez que c'est celui que j'ai chouravé au poulet de la rue Ballu et qu'il est chargé à blanc. Pour la bonne forme je lâche les balles restantes dans la direction du motard.

Pendant ce bref intermède, Paul le Pourri a baissé la vitre de son côté et il a, en s'y prenant à deux mains, décroché le brigadier de la poignée de porte, laquelle, à demi arrachée par le poids du corps, pend, complètement tordue.

— Faut le rattraper, dit Panta. Cette carne va stopper le premier camion qu'il rattrapera et le fera foutre en travers de la route, on sera cuits, le coup est classique!

Paul sait que le copain a raison. Aussi démarre-t-il avec le même brio que précédemment. Mais cette fois, la voiture, délestée de son poids mort (c'est le cas de le dire) fonce plus vite.

— Jamais tu pourras rattraper une moto de la routière, je prédis à Paul. Tu parles, de la cinq cents culbutée!

— Tourmente-toi pas, dit Paul, le moteur de celle-ci est gonflé.

Pantaroli, qui se donnait tout à la fusillade, pousse une exclamation :

— Jérôme est crevé !

Paul ricane :

— Vaut mieux que ça soit lui qu'un de nos pneus...

Il pédale à fond de ballon. L'aiguille monte à cent vingt puis elle tremble sur le cent trente... Paul écrase encore le champignon. Je regarde l'aiguille avec des yeux fixes. Si à cette allure nous entrons dans les décors, ça va donner une bath confiture de macchabées. Mais je vous l'ai déjà dit : je connais pas un meilleur chauffeur que Paul.

— Le v'là ! grommelle-t-il.

En effet, devant nous, à cent mètres, danse le feu rouge du motard.

— T'as encore de la bastos? demande Paul à Panta.

— Plus qu'une.

— Tiens, chope mon feu...

— De derrière ça sera pas commode, dit Panta.

— Pas de derrière, eh, enflure ! Je vais le doubler... Je lui entrerais bien dans le dos, mais ça risquerait de nous expédier aux questches, à l'allure où on va ! Je le remonte à gauche, au passage envoie-lui le potage...

Un grave cas de conscience se pose pour moi, les gars.

Je sais que du train où nous allons nous rattraperons le policier; ce faisant, il aura droit demain à la Légion d'honneur à titre posthume, car à bout portant Panta le mettra en l'air aussi sûrement que Paris est la capitale de la France!

Je peux essayer d'empêcher ça... Il me suffit de tourner la clef de contact... Le temps qu'on s'explique avec Paul, l'autre aura pris le large. Je peux profiter de l'élément de surprise pour démolir Paul d'un coup de boule dans les ratiches et pour faire une clef à Panta... Il est possible que ça réussisse... Du même coup, le pauvre vieillard qui est accroupi à l'arrière sera sauf...

Oui, mais je peux aussi échouer. Et le Boss m'a bien précisé que je devais aller jusqu'au bout, sans tenir compte de rien. DE RIEN!

Je soupire et serre les poings. Mon boulot c'est d'obéir. Je ne suis pas à mon compte, et croyez qu'en ce moment je le regrette vivement.

— Allez! dit sauvagement Paul.

Il ne peut plus accélérer car nous sommes déjà au maximum, mais, au moment où il rejoint le motard, on dirait que la bagnole obéit à son aspiration. Elle a un suprême rush! Voilà, nous remontons le motocycliste. Panta a baissé la vitre du côté de Jérôme. Il a fait basculer le corps du copain sur la banquette et il est là, à demi accroupi, semblable à une hyène... Je vois la silhouette du motard. Il nous regarde, ses yeux brillent d'angoisse. Derrière moi quatre détonations retentissent. Le motard paraît ne pas les avoir entendues. Il semble que tout cela ne le concerne pas. Son regard reste fixe... Mais sa moto file sur le talus qu'elle escalade. C'est hallucinant. Le phare de la ronflante illumine un champ labouré et s'y engage. La terre vole autour de lui. Puis l'engin culbute.

— Je l'ai eu au cœur, assure fièrement Panta. Ce con-là, il ne s'est pas seulement aperçu qu'il était mort !

CHAPITRE VIII

Je ne peux pas m'empêcher de regarder derrière moi. J'aperçois un rayon lumineux qui a poussé dans le champ et qui s'est braqué sur les étoiles : le phare du motocycliste.

Paul lève un peu le pied. La 404 qui tanguait comme une barque sur la mer démontée retrouve une allure plus raisonnable. L'aiguille descend au cent dix.

Un grand calme tombe sur nous. Excepté ce courant d'air causé par le bris de la vitre arrière et cette odeur de poudre, on ne croirait pas qu'une telle tragédie a eu lieu... Je me hausse un peu en me détranchant : le vieux chauve se tire le plus possible sur Panta afin d'éviter le contact du cadavre.

— T'es sûr qu'il est bien mort? je demande au Rital en désignant Nonœil.

— T'as déjà vu vivre oune homme avec oun trou pareil au milieu dé la testa?

— Ce salaud, fait Paul, il aura salopé toute ma banquette.

Ce souci de propreté me file un peu en rogne.

— Tu sais, fais-je, ton bahut aura besoin d'une sérieuse vérification : doit y avoir quelques traces de pralines sur la carrosserie... Sans compter ton verre galbé...

— On est encore loin dou chemin? s'inquiète Panta.

Lui au moins ne perd pas le sens des impérieuses réalités. Il sait qu'à tout moment le renfort flicard peut surgir et que la corrida recommencerait. Seulement cette fois ça serait coton pour gagner le gros lot, ou alors faudrait que le petit Jésus chanstique vachement les opérations du tirage au sort. Le Pourri ralentit considérablement et se tire les lampions pour repérer la route. Tout à la poursuite du condé il a pas fait gaffe au paysage et, nature, il a dépassé le chemin conduisant à la propriété, de plusieurs bornes.

— Sainte Vérole! grommelle-t-il, j'ai loupé le coche...

La tire roule au pas.

— Je continue ou je reviens? demande-t-il un peu flottant.

— Continue! exhorte Pantaroli, et trace, bon Dieu, laisse pas éteindre la chaudière!

Paul hoche la tête.

— Et aller où, tordu? On file droit sur de la poulaillerie, tu parles qu'en ce moment ils ont dressé le couvert au milieu de la route! Vous remarquez pas qu'on ne voit plus de guindes? Si vous voulez m'en croire, le barrage est pas loin d'ici...

— Retourne, dis-je, de toute manière, ça ne craint rien dans le sens contraire... pour le moment du moins!

Il se conforme à mon conseil. Il décrit un surplace de grande allure et met les chaussons dans la bonne direction.

Cette fois le ciel se met de notre côté : nous n'avons pas atteint le premier virage que nous croisons deux matuches à moto. Et ces fumarauds bombent comme si miss Univers les attendait en s'offrant comme prime au premier arrivé.

— On a eu chaud aux plumes, ronchonne Paul.

— Tu parles...

Il retrouve le chemin creux et s'y engage à vive allure. Personne à l'horizon, la route est déserte.

En six minutes nous sommes à la propriété.

— Va ouvrir la grille, me dit Paul.

Je cours et j'ai juste le temps de m'effacer

contre le mur car la bagnole fait un saut en avant. Il me paraît un peu pressé de la planquer, le Pourri.

La guinde disparaît derrière la baraque. Je ferme la grille et je vais rejoindre mes coéquipiers.

A la lumière du plafonnier, ils sont en train d'examiner le cadavre de Jérôme. Je fais comme eux parce qu'un macchab possède une force attractive contre laquelle il est duraille de se défendre.

Son œil arraché s'est collé à la joue. A la place il y a une grande plaie violette agrémentée de filaments blanchâtres. Le châsse au borgne a l'iris tourné de notre côté et braque sur nous une sorte d'effroyable regard de verre éteint. Le visage du gros est exsangue. Sa bouche entrouverte montre une langue rosâtre comme les gencives artificielles des vieux râteliers.

— Tu parles d'un prix de beauté, soupire Paul.

Le petit vieux regarde aussi le mort. Je reporte sur lui mon attention. Il a retrouvé ses lunettes au fond de la tire et il a repris un aspect à peu près normal. De grosses touffes de poils lui jaillissent des manettes, son nez est large, son front immense, bosselé, avec des rides sur le devant. Il a de gros sourcils et des bras très courts; des bras de nain.

— J'emmène le prof à la cabane pour m'occuper de lui, dit Paul le Pourri. Vous autres, tâchez de trouver une bêche et creusez un trou pour ce con-là!

C'est toute l'oraison funèbre du pauvre Jérôme. J'avais une vague sympathie pour ce pauvre zigomard. J'ai un faible pour les mecs qui dépassent les cent kilos...

Pantaroli fulmine.

— T'en as de bounnes, Paolo! Enterrer oune grosse vacca pareille en pleine nuit!

— Faut pas le laisser traîner, ça fait désordre, affirme le Pourri. Suppose qu'un braco ou quelqu'un d'autre se la radine, on est bon pour la promenade en décolleté...

— Si on le planquait à la cave? je suggère, peu enclin moi aussi à me livrer, après tant d'émotions, aux joies discutables de la sépulture.

Paul est intraitable.

— Et demain il va puer, gros comme il est! Non, au boulot, les mecs!

Il cramponne le petit vieux qu'il a qualifié de prof par l'aileron et l'emmène vers la casba. C'est vrai qu'il a l'air d'un prof, le petit vieux. Et avec ses bras trop courts, par-dessus le marché, il ressemble à un pingouin...

Dans la remise où Paul a stoppé sa 404, il y a plusieurs instruments de jardinage. Nous prenons une pelle et une bêche et, vachement flemmards, nous cherchons le coin du jardin où la terre est la plus molle. Le trou que nous creusons est superficiel. A vrai dire, nous recouvrons plutôt le cadavre de terre.

— *Va bene,* assure Pantorali, il est bien, commé ça, Nonœil, il va faire oun gros dodo !

Et il rit, mis de bonne humeur par la rapidité d'exécution de notre ingrate besogne.

Nous entrons et filons nous laver les paluchettes à la cuisine. Paul sort d'une des pièces. Il nous regarde avec défiance.

— Déjà ? fait-il.

— Tu sais, je réponds, on n'a pas poussé la conscience professionnelle jusqu'à planter des trèfles à quatre feuilles sur sa tombe pour lui porter bonheur...

Il hausse les épaules...

— Quand je pense que c'est à cause de toi que tout ce bordel est arrivé ! Décidément, j'aurais dû te laisser glander dans Paris. On ne fait jamais rien de bon avec les péquenots...

— De ma faute ! je proteste. Mais puisque je t'ai expliqué que...

— Oh ! ça va...

— Je t'assure, Paul... T'aurais été à ma place...

— La ferme! il grince, l'œil allumé par la haine, tu me fatigues, ordure!

Je me précipite, prêt à lui voler dans la portion. Mais Pantaroli me retient d'une poigne de fer.

— Dou calmé, murmure-t-il.

Il me sourit.

— T'es vif, Bernardo, trop vif avec les amis. Il a raison, Paul, si tou n'avais pas été imprudent, Jérôme serait encore là...

— Sans compter, dit Paul, qu'on n'est pas sortis de l'auberge. Ça doit draguer dur dans la région. Comme ils ne nous auront pas vus aux barrages ils se douteront que nous avons pris un petit chemin. D'ici qu'ils s'annoncent y a pas loin.

— Ça se paie! lance le Rital en me serrant plus fort.

Pantaroli paraît faire une colère à retardement. Il me massacrerait comme une noix s'il s'écoutait. Heureusement pour mes abattis, il écoute Paul.

— Lâche-le, va, dit le Pourri. On reparlera de ça plus tard. C'est l'heure d'aller en écraser. Surtout n'actionnez pas l'électrac! Pas le moment de se faire repérer...

— Où est le professeur? demande Pantaroli.

— Je l'ai mis au dodo, t'occupe pas, va plutôt te zoner, mec!

L'Italien hausse les épaules. Puis il regarde sa montre en or qui est large comme une assiette à dessert.

— Trois heures, annonce-t-il. Oui, j'ai sommeil. J'espère qu'ils né viendront pas ici.

Paul sourit.

— Sois tranquille, assure-t-il. Ils ne viendront pas; ils sont pas assez malins...

Il me désigne une porte au hasard.

— Ronfle par là, Bernard, pendant que tu dormiras tu ne feras pas de choseries.

Dormir! C'est une belle idée, en tout cas, je tiens plus sur mes cannes.

Je trouve une piaule vide, poussiéreuse et moisie, avec un lit recouvert d'une grande toile grise.

Je sors de mon futal, je pose ma veste sur une chaise et je m'enfonce voluptueusement dans les torchons.

Y a des instants dans la vie — et celui-ci en est un! — où l'on se fout de tout. Une seule chose compte : dormir, s'anéantir, tout oublier... Je ferme mes châsses. Demain je demanderai à quoi rime l'opération de ce soir et qui est le vieux bonhomme kidnappé de si astucieuse façon...

Oui, demain...

Je flotte un instant sur le matelas comme sur un nuage de crème Chantilly. Puis je me fonds dans un horizon noir où brille méchamment l'œil arraché du gros Jérôme.

CHAPITRE IX

Quand je m'éveille, il y a un Durand du tonnerre dans la piaule. Ses rayons viennent caresser ma terrine et ce sont eux qui m'ont tiré du cirage.

Je me mets sur mon séant avec la bouche aussi pâteuse que si j'avais léché la route de Paris à Chartres. M'est avis qu'une tasse de jus me fera du bien. Si, en plus, je peux m'offrir une douche, alors ça sera le fin des fins, le grand rebecquetage maison !

Je passe mon futal et je me propulse à l'extérieur. Pantaroli est assis à la cuisine occupé à beurrer une tartine longue comme un tapis roulant. Devant lui un bol de café répand une odeur réconfortante.

— Salut, mec, murmure-t-il.

— Bono, dis-je, t'as usiné le caoua ?

— Fallait bien, puisque cette grosse gonflé dé Nonœil n'est plus là...

Il paraît revenu à de meilleurs sentiments à mon égard. Je me sers un petit déjeuner copieux. Ensuite je demande au Rital s'il y a moyen de prendre une douche.

Il hausse les épaules.

— Tou té réfouses rien, déclare-t-il. Il y a une salle dé bains ma pas d'eau caldo...

— M'en fous, je la veux froide, ma douche...

— T'as la migraine?

— Un peu, mon neveu... C'est la séance de cette nuit, ça me tourne un peu le raisin...

— T'as ouné pétite natoure...

— Possible...

Il m'indique la salle de bains. J'y vais, je me fous à loilpé et je fais pleuvoir sur ma géographie... C'est bon. Ça vous remet les idées en place les unes après les autres. Après ce petit exercice je me sens tout à fait bien.

Tandis que je me sèche, je perçois une sonnerie téléphonique dans la pièce voisine. Le grelot tremble un bon moment, enfin quelqu'un décroche. La voix méfiante de Paul murmure :

— Allô!

C'est marrant, mais, grâce à la tuyauterie qui accroît l'acoustique, j'entends tout ce qu'il bonnit.

— Ah! C'est vous, fait le Pourri. Quoi? Vous étiez inquiet? Bien sûr, mais on n'a pas pu vous appeler, ici faut passer par l'inter, ç'aurait pas été prudent... Maintenant ça marche, enfin, ça a l'air, mais on a eu chaud aux plumes... Oh! une connerie.

Il rit.

— Le plus marrant, *c'est que c'est le poulet* qui l'a faite. J'avais oublié de lui passer la carte grise, il s'est fait stopper par un agent, sans doute n'a-t-il pas de carte professionnelle sur lui... Pour s'en sortir, il a billé sur le collègue...

Si vous pouviez me voir, les mecs, vous rigoleriez cinq minutes. Je suis à poil au milieu de la salle de bains, l'oreille tendue comme une main d'aveugle, la bouche ouverte de stupéfaction. Ce que j'apprends me foudroie. Paul est au courant de mon identité! Là alors, j'en suis comme mille francs de flan! C'est proprement impensable! Ces truands se livrent à un kidnapping. Ils butent des flics, tout ça devant moi, en sachant que j'appartiens à la maison parapluie! Non! y a qu'à moi que ça arrive, ces choses-là! J'en suis tellement baba que je ne perçois plus le reste de la conversation. Dans mes manettes il se produit comme une sorte de faible rumeur semblable à celle que l'on écoute dans les gros coquillages vides.

Paul sait que je suis un perdreau. Et pourtant il agit comme si j'étais un truand.

Le froid me hérisse le derme. Je frissonne. Pas le moment de bicher une fluxion...

Je me reloque en réfléchissant. Et soudain je pige. Pour une raison ou pour une autre, Paul a compris que j'étais un poulet. Peut-être a-t-il vu ma frime dans un canard il y a quelque temps. Il a appris la chose au mec de la tire amerlock pour le compte duquel il gratte. Ce dernier a compris le parti qu'il pouvait tirer de moi. En manœuvrant habilement je servais de paravent !

« Beau ! » disait la mémé en retirant sa paluche du futal du colonel ! Voilà qui est pensé en pape ! *Grâce à moi, ils étaient certains de réussir le coup* et c'était ce qui les intéressait. Maintenant ça va se compliquer pour ma santé. J'ai dans l'idée que je vais faire un peu d'infection au cours des heures qui vont suivre et que ça n'est pas la pénicilline qui me tirera de ce mauvais pas. Car, maintenant que le kidnapping du petit vieux qu'ils appellent le prof est réussi, ils vont me faire disparaître et embarquer le père Calvitie vers une destination inconnue de moi.

J'en ai épais comme le mont Blanc sur la tomate !

Le San-Antonio a voulu jouer au mouton et il s'est fait prendre dans un piège à loup. Me voilà dans cette cage, parmi des truands qui me surveillent, sans pouvoir agir...

Je gagne ma chambre pour achever de me vêtir et je commence à éternuer. Un malheur ne vient jamais seul. Maintenant je tiens un sacré rhume... Enfin grâce à lui j'ai appris pas mal de trucs...

Pour comble de bonheur, je suis désarmé comme l'abeille qui vient de piquer. Mon pétard est vide.

Je réfléchis. Comment puis-je me sortir de ce mauvais pas? Il y a une solution : la fuite. Elle m'est possible. Du moins je le crois... Seulement, calter c'est peut-être sauver mes os, mais c'est certainement compromettre ma mission! Et une mission, je vais peut-être vous paraître pompelard, mais pour moi c'est sacré. Écoutez, vous allez dire que je tricolorise un brin, mais vous devez bien penser que, lorsqu'on fait un turbin comme le mien, faut s'y donner à fond. Le mec qui existe c'est un mec qui pense, d'accord, mais le mec qui pense c'est un mec foutu, je vous le bonnis comme je vous le casse *because* c'est vrai. Ce qui fait la force du bœuf, c'est qu'il est castré. Ça l'abrutit... Il tire la charrue sans se demander ce que ça lui rapporte.

Eh bien, pour un flic, c'est du kif, avec la différence toutefois qu'on lui enlève pas les précieuses. La façon dont moralement l'État diminue un gars, c'est en en faisant un fonctionnaire.

Je noue ma cravate.

« San-Antonio, me dis-je, t'as choisi de te faire buter pour quarante ronds. C'est con, mais on peut bien faire d'une connerie sa philosophie. Alors, va jusqu'au bout, parce que c'est la seule façon de te justifier à tes yeux. Et tant pis pour la casse. Tant pis si tu te retrouves dans un pardingue de bois avec des manettes argentées à la place des manches! »

Je vais pour ouvrir la fenêtre, mais je m'aperçois qu'elle est munie de barreaux...

Je réalise que j'étais optimiste en pensant pouvoir me tailler. Ils sont pas loin, les deux vachards...

Histoire de vérifier un peu l'ambiance, je sors de la maison. Je n'ai pas fait trois pas sur le sentier accédant à la grille que Paul me hèle :

— Bernard!

Je fais volte-face.

— Tu nous quittes? il me demande.

— T'es dingue? fais-je, je prends l'air...

— Rentre!

J'obéis.

Il est là, sur le seuil, plus affreux que jamais, son eczéma n'est qu'une immense plaie. En pleine évolution, son fromage!

— On peut pas aller gauler dans la nature à cette heure?

Il est impénétrable.

— En ce moment, ça ne serait pas prudent, dit-il. Cette carrée est censée être vide... Si un pégreleux te voyait, il pourrait trouver ça louche et crier aux petits pois.

— Bon, bon, ça va, mais qu'est-ce qu'on fout? On attend du peuple?

— C'est ça...

Il me sourit.

— Tiens, mec, fais la popote puisque notre cuistot est clamsé. Ça t'amusera... Y a des conserves dans la cuisine, de l'huile, du beurre!

— O.K...

Pantaroli est assis dans le vestibule. Il se balance dans un fauteuil en lisant un vieux numéro de *Paris-Match*.

Comme je passe devant lui, il me sourit aimablement.

— Ça va, Bernard?

— Au poil!

Tu parles, mon chéri! J'ai une drôle de mouillette. D'un seul coup d'un seul, je réalise que ces deux enfoirés jouent avec moi comme le chat avec la souris. Ça doit être délectable quand on est truand de s'amuser avec un flic... Ils en prennent pour leur fric, ces salingues!

Histoire de ne pas jouer le chiasseux, je demande :

— Et le vieux schnock, il ronfle?

— On ne sait pas, fait le Rital.

— Qui c'est, un mec, un prof?

— Paraît...

— Un prof de quoi?

Il hausse les épaules.

Paul intervient :

— Qu'est-ce que ça peut bien te foutre, Bernard?

— C'est vrai, renchérit Pantaroli, qu'est-ce que ça peut bien te foutre?

V'là Messieurs les Hommes qui viennent au renaud.

— Oh! bon! bon! dis-je en m'esbignant.

Je passe en revue les conserves dont a parlé le Pourri et je jette mon dévolu sur une boîte de cannelloni, charmante attention pour le Rital! J'ouvre aussi une boîte de bœuf en gelée. Avec ça on va casser une graine plantureuse!

Quand c'est prêt, je mets le couvert. Puis j'appelle mes coéquipiers.

— Madame est servie, fais-je.

Ils s'annoncent. Paul débouche une rouille de pommard et on travaille de la mandibule dans un silence de sanctuaire.

Comme Panta a un splendide coup de fourchette et s'annonce au rab de rab pour la troisième fois, je dis timidement :

— Faudrait peut-être en garder pour le vieux, non ?

— T'occupe pas de lui...

— Il fait ceinture ?

— Ouais...

— C'est le fakir Birman pour jeûner ainsi ?

Paul laisse tomber sur la table son poing massif, hérissé de poils roux.

— Encore une fois, Bernard, mêle-toi de ce qui te regarde ! Le vieux c'est mes oignons, pas les tiens. T'as été engagé pour obéir, tu piges ?

— D'accord, je murmure, mais quand on engage quelqu'un on convient de ses émoluments... Or rien n'a été convenu. Vous m'embarquez dans un coup fourré où on kidnappe des mecs et où on en bute d'autres et je ne sais toujours pas ce que je gagne...

Pantaroli a un petit rire qui me fait froid dans le dos.

— Té tourmente pas commé ça, Bernard, murmure-t-il.

— Non, fait Paul, te tourmente pas, t'auras ton dû, crois-moi.

Il me regarde de ses yeux enfoncés, sanguinolents.

— Dans notre équipe, chacun touche ce qui lui revient. Si je te le dis, tu peux me croire...

— D'accord...

A quoi bon insister? Tout ça n'est qu'un jeu, un jeu vilain, un jeu de mort. Ma paie, je sais ce que ce sera : une praline dans le bocal... Bonne notche, mes frères! Le grand plongeon sans parachute dans l'éternité.

— Je vais voir un peu ma bagnole, déclare Paul. Tu restes ici, Panta...

— *Bene!*

Maintenant je comprends ces phrases innocentes. « Tù restes ici » signifie : « Tu surveilles le flic... »

Je m'étire.

— Puisqu'on n'a rien à branler, je vais en écraser un peu. Tu me prêtes ton *Match,* Panta?

— *Si...*

J'empoigne la feuille et je quitte la cuisine. J'ouvre la porte de ma chambre, tout à côté, puis je la referme sans entrer... A pas de loup, tandis que les deux hommes conversent, je pénètre dans la pièce proche de la salle de bains, celle où se trouve le téléphone.

Je m'assieds à une table, le *Paris-Match* étalé devant moi afin de me donner une contenance en cas de malheur, et j'attends...

Paul sort, et, par la fenêtre de la pièce où je

suis, je le vois se diriger vers la remise de derrière. Pantaroli se met à chanter *Retour à Sorrente* dans le vestibule où il a repris sa faction...

Doucement, doucement je décroche l'appareil téléphonique du mur.

Je ne perçois qu'une espèce de sifflement continu. Je me demande si la ligne est débranchée, puis je me souviens que ces archaïques appareils fonctionnent à la manivelle. Seulement quand on actionne cette putain de manivelle ça fait un boucan du diable.

Heureusement que le macar chante sa canzonetta. J'attends qu'il attaque une note haute, puis je tourne à trois reprises la manivelle noire. Le palpitant désordonné, j'écoute. Panta n'a rien esgourdé. A plein chapeau, il brame qu'il veut revoir Sorrente...

Sorrente! Je l'ai vue, là-haut, sur son rocher dans la baie de Naples. J'étais sur un barlu allant à Capri avec une pépée aux volumes agréables, le soleil mettait de la joie partout et, sur le pont du bateau, un pick-up jouait évidemment : *Retour à Sorrente*...

Je donnerais une nuit d'amour avec Sophia Loren pour entendre cet air-là dans les conditions dont je vous parle...

Un grésillement dans l'écouteur. Une voix de

standardiste piquée d'ail m'affirme qu'elle écoute.

A voix basse je demande le numéro du chef.

Bien sûr, étant donné que je chuchote, elle n'entrave rien. Enfin elle finit par noter.

— Je n'ai pas de circuit pour le moment, dit-elle. Je vous rappelle!

Une sueur froide me descend dans la raie du dos.

— Non, non, dis-je. Écoutez, prévenez immédiatement la police, les meurtres sur la route, cette nuit...

Je raccroche sans ajouter un mot, car Panta vient de cesser sa chanson et d'ouvrir la porte de ma chambre...

Vite je cramponne *Paris-Match* et j'allonge ma couenne sur le plancher.

Panta pousse un juron, puis il ouvre la porte de la pièce. Il m'aperçoit, et son front se plisse comme un accordéon.

— Qu'est-ce qué tou fous là? demande-t-il vachement mauvais.

Je rigole :

— Ça se voit, non?

— Tu te couches par terre, maintenant?

— Une vieille habitude de la taule : quand il fait chaud, la dure, j'aime ça... j'étouffais dans ma chambre, t'as pas remarqué qu'elle est en plein sud?

Il regarde le téléphone sans me répondre.

— J'ai cru que tu parlais? dit-il.

Je ris, et Dieu sait si le cœur me manque!

— T'es louf! Je faisais comme toi : je chantais...

— Ah! tou chantais...

— C'est pas défendu, non?

— Non, c'est pas défendou. Allez, amène-toi, on va faire ouné belote à la cuisine. Elle est fraîche aussi!

CHAPITRE X

Le moyen de refuser une invitation formulée sur ce ton? Je suis donc cet emmanché de Rital jusqu'à la cuistance et il sort un paquet de brèmes de la table de la cuisine.

Cette belote, je ne suis pas près de l'oublier. Imaginez deux mecs qui feraient une partie de cartes assis sur un baril de poudre dans lequel plonge une mèche allumée.

Les couleurs et les figures du jeu dansent dans mes châsses une sacrée ronde. Je joue automatiquement en oubliant les annonces et en faisant des choseries grosses comme la force d'inertie d'un ministère.

Dehors, on entend des coups de marteau : c'est Paul qui rafistole sa guinde. Il y va de bon cœur, le Pourri. La bagnole, j'ai remarqué, c'est son vice, à cet homme.

— Il va ameuter tout le pays, dis-je en montrant la fenêtre.

— T'inquiète pas pour loui, fait Panta.

Au fur et à mesure que notre partie se déroule et qu'il emmagasine des points, il devient sombre. On dirait que ça l'attriste d'engranger mon bon pognon. Pourtant, en général, les zigs comme lui aiment bien gagner.

A un moment donné, il frappe du poing sur la table.

— Dis donc, Bernard, tou avais quatre neuf cette fois.

J'écarquille les châsses.

— Tu crois?

— Je crois, oui; même j'en souis sour!

Il m'aligne la preuve par neuf.

— Moi, j'avais ouné tierce au roi de trèfle; oune autre à la dame de cœur, plus l'as et le dix de carreau... Regarde, il n'y a pas dé neuf dans le talon, donc tou les avais!

Convaincu par cette avalanche de faits, je fais une petite moue ennuyée...

— J'ai oublié...

— Tou n'as pas la testa à toi, Bernard...

— C'est vrai, je ne suis pas en forme aujourd'hui.

Il jette les cartes, les brouille et se met à jongler avec.

— On ne joue plus? je demande.

— Non, dit-il. J'aime gagner, mais contre

oun adversaire qui sé défend. Toi tou tiens tes cartes et c'est tout! On n'a pas dé plaisir à tricher avec un joueur commé toi!

Je hausse les épaules.

— Bon, fais excuse, mec...

Il prend une voix de miel pour me demander :

— Qu'est-ce qui té tracasse, Bernard?

J'essaie de dégauchir une frime candide : l'innocence intégrale, la blancheur Persil.

— Qu'est-ce que tu veux qui me tracasse? Simplement je m'em... un peu ici, j'aimerais bien qu'on fasse quelque chose. La belote, ça va pour les longues veillées d'hiver, moi je suis un actif...

— Ah! t'es oun actif?

— Tu me crois pas?

Il pose sur moi un regard équivoque, un peu fuyant.

— Si...

Paul radine sur ces bonnes paroles, l'eczéma empourpré par l'effort. Il est pas jojo, le mec; on a envie de l'arroser d'essence et d'y mettre le feu.

— Voilà, dit-il, j'ai camouflé le plus gros et fini de déblayer la vitre arrière... J'avais peur pour le réservoir d'essence, mais il n'a rien... Les boudins non plus n'ont rien, c't'une veine!

Machinalement, je répète :

— C't'une veine.

Et alors, à ce moment-là, le bignou sonne à tout va dans la pièce d'en face.

Paul va répondre. Moi j'ai comme un pressentiment que c'est ici que les Athéniens s'atteignirent. Cette sonnerie ne me dit rien qui vaille. Et en général je me fie toujours à mes impressions.

Le Pourri n'en dit pas long. Il raccroche précipitamment et radine.

Il a deux morcifs de charbon incandescent à la place des yeux et sa lèvre est tordue littéralement par un rictus de haine.

— Qu'est-ce que c'est? interroge Pantaroli.

Il ne lui répond pas. D'une démarche lourde il s'avance sur moi, les poings serrés.

— Sacré bordel d'enviandé de fumier de poulet! gronde-t-il.

Gronder est exactement le terme qui convient, car, pour le quart d'heure, il ressemble à un bouledogue, Popaul; à un bouledogue qui aurait attrapé la chtouille, mais à un bouledogue tout de même.

Cette fois, le moment est venu de baisser le masque.

Pour gagner quelques secondes je lui sors le classique, le pitoyable :

— Qu'est-ce qui t'arrive?

Mais il ne daigne même pas faire écho à cette

pauvreté. Ses châsses se consument littéralement. Deux braises, je vous le répète, leur éclat meurtrier est insoutenable...

— Parle! lance Pantaroli alarmé.

— Cette ordure a prévenu la police, dit-il. C'était la gendarmerie qui téléphonait pour vérifier un appel au secours...

Panta fait volte-face et, illico il lui pousse un flingue dans les pattes. C'est ce qui peut s'appeler de la germination instantanée.

La situation est un peu plus critique qu'à la Chambre. C'est pas le gouvernement qui risque d'être renversé mais mes quatre-vingts et quelques kilogrammes de barbaque.

A la façon dont les deux buteurs me considèrent, je réalise qu'ils manquent de tendresse à mon égard. J'ai les copeaux parce que chacun d'eux a une machine à secouer le paletot en main et que moi, je ne possède que mon certificat d'études primaires pour leur faire front.

— Je voulais attendre pour te lessiver, poulet, dit Paul, les dents crispées. Mais je vais te mettre en l'air sans plus attendre. Ah! tu croyais m'avoir berluré, hein, pourri?

Je hausse les épaules.

— Tu brouilles les blazes, Paul, c'est toi qu'on appelle le Pourri... Et pourri, tu l'es tellement que même les asticots auront envie de dégobiller quand tu seras dans le pardingue en planches...

— Le nom de Dieu de salaud! grince l'eczémateux.

Inquiet, il dit à Panta :

— Lui défouraille pas dessus, il est à moi! Je veux me payer du bon temps... Je pensais pas le faire aujourd'hui, mais du moment que la situation a changé...

Je regarde son flingue. Son index est tout blanc sur la détente. Un demi-millimètre encore, et il va partir de la libellule en acier!

Oh! ma douleur! Pauvre bide à San-Antonio, qu'est-ce que tu vas enregistrer comme entrées non payantes! Le glave de parabellum c'est un truc qui fait son chemin dans un ventre de bourdille!

Paul écume. Il est à deux doigts de l'épilepsie...

— Y a vachement fallu que je me contrôle, ces deux jours, dit-il. A tout bout de champ j'avais envie de te mettre une praline dans le bol, histoire de t'envoyer aux pâquerettes. Je veux te voir la bouche pleine de terre, et des pissenlits qui te poussent dans les yeux...

— T'es poète, admets-je, faut reconnaître. On flotte en plein surréalisme...

— Il sé fout dé ta gueule! assure Panta,

toujours prêt à se la ramener avec une fiole d'huile quand un incendie se déclare quelque part.

Je ne fais pas un mouvement. Si j'avais le malheur de bouger un cil je recevrais du pruneau d'Agen aussi sec.

— Comment as-tu su que j'étais un poulet? je questionne, autant par curiosité que pour gagner du temps.

Il rit sauvagement.

— L'autre noye, pendant que tu brossais ma nièce, j'ai pris le pétard dans ta fouille, j'ai vu que les balles étaient à blanc... Donc t'avais fait semblant d'assaisonner le matuche... Et pourtant, le lendemain on annonçait son décès dans le canard. J'ai fait travailler mes méninges et j'ai pensé qu'il valait mieux te garder avec moi. J'ai téléphoné au patron. Lui aussi a pensé qu'il valait mieux t'avoir avec nous. Tu te rappelles la bagnole américaine? Le chauffeur est un ancien de la Sourde, il t'a reconnu, paraît que t'es commissaire spécial... Un as même, San-Antonio!

Pantaroli glousse :

— Un as! J'aime ça... J'ai le chic pour les perforer! Dis, Paolo, tu ne veux pas que je m'en charge?

Mais Paolo est un gourmand.

— Ta gueule! tranche-t-il, il est à moi, il est à moi, y a pas à y revenir. Du reste, c'est à mézigue qu'on a donné l'ordre de flinguer monsieur, quand tout serait fini, non?

— Ce que t'as de la chance, dit le Rital. J'aime tant repasser un perdreau!

— Faut en finir, fit Paul. Écoute, commissaire de mes deux, je t'expédierais bien en port dû, mais j'ai d'autres projets pour toi...

Il se tourne vers son complice :

— Va chercher un bidon d'essence dans la remise, il y a un jerrican dans le fond, amène-le, on va lui donner un bain... La maison est humide, une flambée réchauffera la température...

Je fais la grimace.

— Moi qui ai horreur de la chaleur, je murmure.

— Suppose qu'on est Mardi gras et que tu te déguises en brasero pour aller au bal... Allez, amène-toi et fais par le marle parce que c'est le genre de chose que je pardonne pas...

Il me colle son feu dans le dos, pas à bout portant car Paul est un type prudent, il sait qu'un as de la volte-face ne s'en laisse pas conter par un canon de P. 38 dans les côtes.

Dans le couloir j'ai envie de me tailler à tout berzingue. Évidemment c'est la mort automatique car un flingueur comme le Pourri ne peut pas rater un malabar dans un corridor. Je me dis que la mort par balle est préférable à la rôtissoire. D'ac. Seulement je me dis aussi que tant qu'il y a de la vie, il y a de l'espoir. Quelques minutes de sursis ne sont jamais à dédaigner... J'ai déjà traversé des heures aussi cruelles et je m'en suis toujours sorti tant bien que mal.

Nous arrivons à la salle de bains. La baignoire n'a pas servi depuis longtemps. Elle est toute jaune dans le fond et la bonde est rouillée. Une andouille d'araignée a joué à Pénélope et a tendu son filochon entre le robinet et le rebord de la baignoire. J'enregistre ces innocents détails d'un œil plein d'acuité. Dans ces moments-là votre rétine devient une vraie caméra. Je travaille dans les gros plans comme les Américains...

— Monte dans la baignoire, ordonne Paul.

J'hésite. Il me semble que cet instrument d'hygiène est un cercueil de faïence... Il m'épouvante et me paralyse...

— Monte! enjoint Paul, où je t'en mets une dans le ventre en guise de hors-d'œuvre...

Mes cannes sont lourdes comme si j'avais des pompes de plomb. Je fais un effort et j'enjambe le vaste récipient.

— Voilà, dit Paul. T'as l'air malin, là-dedans, monsieur le commissaire... Un vrai baigneur en cellulo...

Il se tait car la voix du Rital s'élève, dehors, une voix ennuyée mais claironnante qui ressemble à un cocorico.

— Paolo!

— Ouais? hurle mon tourmenteur...

— Jé né trouve pas lé bidon!

— Derrière les fagots, eh! enflure...

— *Bene*...

Paul me regarde.

— On est mal secondé, dit-il. La main-d'œuvre devient de plus en plus dure à trouver pour certain boulot...

Je souris.

— Tu sais d'où ça vient, Popaul?

— Dis voir?

— La police est de mieux en mieux organisée. Le tueur se retrouve toujours à cinq plombes du mat avec le successeur de Deibler qui le grimpe à la frissonnante sur la bascule à Charlot... Votre combine commence à être sciée, la preuve, on m'a branché sur toi pour essayer de remonter la filière. Seulement écoute, Paul, ton tort c'est de t'être embrigadé avec des mecs qui ne sont pas de ton bord. T'as dépassé la norme, tu comprends? Les choses vont mal tourner pour ta peau. Tu n'as pas une chance sur cent millions de t'en sortir...

Je baisse la voix.

— Arrangeons-nous, mec, pendant qu'il en est temps, je te fais un bouquet : ma peau contre la tienne, c'est régulier, tu marches?

— Va te faire...

Il préconise une foule de trucs à me faire subir. Tous plus désobligeants les uns que les autres évidemment. Il n'y a rien à faire pour le circonvenir, comme on dit dans les milieux huppés; il est braqué... Et aussi il est allé trop loin. Il y a des moments où les lourdes se referment derrière vous; pas la peine de tabasser, personne ne peut plus vous ouvrir. C'est le cas pour Paul le Pourri.

C'est pourquoi ma proposition le fait ricaner.

Il est là, dans l'encadrement de la porte, solide, terrible, avec sa gueule ravagée et ses yeux étincelants. Le pétard ne tremble pas dans sa main. Il est juste en face de ma poitrine. Il le tient contre sa hanche, en vrai caïd du tire-pipes, le canon légèrement remonté, le doigt prêt à envoyer la purée...

Une minute peut-être s'écoule.

Alors, mes mains que je tiens appuyées au mur derrière mon dos afin de ne pas glisser dans la baignoire rencontrent le porte-savon. Dedans il y a un Cadum, le truc qui entretient la beauté! Je m'en empare, mine de rien... Je sens dans ma dextre cette chose solide.

Je me dis que le chef d'orchestre peut envoyer le roulement du saut périlleux en arrière. C'est maintenant que je prends la correspondance.

Je regarde par-dessus l'épaule de Paul avec des yeux agrandis par l'horreur et je bégaie :

— Non! Non! Non!

Le Pourri se figure que c'est Pantaroli qui radine avec l'essence. Il a un léger mouvement pour le laisser passer. Ce faisant, le canon du pétard, durant une seconde et demie, se trouve trop à droite.

Je lève le bras et balance le savon de toutes mes forces — qui sont grandes! Un bruit mou, un cri de douleur, une détonation qui se répercute dans le local. La balle frappe la faïence au-dessus de ma tête, l'écaille, rebondit...

— Fumier! crie le Pourri.

Il a biché le petit Cadum en plein nez et le raisin se remet à pisser. Je dis se remet car je lui ai déjà valu une petite hémorragie de ce genre, à l'eczémateux.

Sans perdre mon temps à le contempler. Je lui fonce sur le lard en un plongeon magistral... Il relève le soufflant; mais un saut de côté me permet d'éviter le second pruneau.

Il reçoit ma boule dans le poitrail et pousse un « han » pitoyable. Je suis comme fou. Je bille comme si j'étais pris dans les anneaux d'un boa. Il m'inspire la même répulsion, la même terreur. Illico, je lui chope le bras et le tords brusquement afin de lui faire lâcher son instrument agricole. Le parabellum choit sur le carrelage.

Je tire encore le bras à moi, un craquement! Paul gueule aux petits pois. Je viens de lui craquer l'épaule et la douleur est intolérable. A ce moment, Panta s'amène.

— Perché t'as tiré sans m'attendre? proteste-t-il depuis le seuil.

Mais lorsqu'il pige la séance il lâche son bidon pour porter la main à sa ceinture.

Cette race-là défouraille presto. Ils sont doués pour la castagne, les mandoliniers! Je moule Paul qui continue à se tordre de douleur et je fonce à l'allure d'un Mig sur le Rital qui n'a pas le temps de dégainer sa seringue.

Rrrran! le plus bel uppercut de ma vie, je le jure! Ma livre de phalanges lui arrive à la pommette. Il ne dit rien mais sa gueule se gondole comme s'il se plaçait devant un miroir déformant.

Pourtant il achève de sortir son feu... Je veux lui cramponner le bras : macache! Il se tourne de telle façon que son brandillon m'échappe...

Alors je le coince de toute ma masse contre le mur afin de l'immobiliser. Et à coup de boule dans la boule, je l'assomme. Par le fait je m'étourdis itou. Comme disait un dingue de mes relations qui se filait des coups de marteau : « Ça me fait du bien quand je m'arrête. » Front contre front, nous ressemblons à deux taureaux en train de se chercher du suif au sujet d'une vache normande. Nous soufflons comme des phoques et poussons des cris inachevés... De l'hystérie !

Il renaude en italoche, le fumelard. Je comprends pas la langue de Dante, mais je me doute qu'à la synchronisation ça ne doit pas donner de la page d'anthologie !

Je me dis : « Faut en finir. » Alors je prends un risque terrible. Je recule et, tandis qu'il dégage sa main armée je lui distribue un terrible coup de savate à un endroit pas fait pour recevoir des pêches de ce calibre. Il devient instantanément vert pomme, Pantaroli. Il s'incline un peu en avant et se met à dégueuler avec brio.

Je rafle son feu. Je fais volte-face, et bien m'en prend, car Paul le Pourri, profitant de la diversion, a réempoigné la lampe à souder qui traînait à terre. Nous tirons presque en même temps. Mais la fraction de seconde d'écart joue en ma faveur et il prend ma prune dans la poitrine. Son coup en est chanstiqué. Le tressaillement du feu suffit à lui faire lâcher prise. Il reste adossé au mur, soufflant bruyamment... Il est mal à son aise, le gars... Il est là, le bras droit désarticulé, le gauche pressé contre la poitrine, la bouche ouverte, le regard défaillant.

— Espèces de cloches, je leur lance, vous avez l'air fins tous les deux!

Ils ne peuvent répondre... Paul exhale une légère plainte fusante qui ressemble au gémissement d'un mec qui s'envoie au ciel... Et il s'y envoie, mais d'une façon plus directe et en aller simple...

Sa main gauche retombe... Son regard chavire, devient flou, un filet de sang noir jaillit de sa bouche...

Parole d'homme, je suis impressionné, car sa mort est vraiment terrible! Rarement j'ai suivi avec autant de netteté ce cheminement de la vie à la mort. Costaud, il lutte encore de tout son être, l'eczémateux. Sa face barbouillée de sang se crispe comme un masque chinois. Il me fait penser à une espèce de statue du mal, assez grossière d'inspiration. Puis, soudain, comme s'abat un chêne sous la cognée du bûcheron, il glisse de côté et s'écroule d'une masse dans la salle de bains...

Pantaroli, qui surmonte à peine sa douleur, regarde avec des yeux fous.

— Paolo, gémit-il.

— La ferme, je lui dis, il vient de canner et tu vas aller le rejoindre si tu ne te calmes pas immédiatement.

Je n'en dis pas plus long, car on tabasse à la lourde de devant.

Je serre le pétard dans ma pogne et je vais voir à l'extrémité du vestibule. Il y a des gardes mobiles plein la cour... Comme quoi mon coup de tube a tout de même donné des résultats...

— Vous tombez bien, fais-je, quoique un peu tard...

— Jette ton feu ! crie un gradé.

— Mais je suis des vôtres !...

— Ton feu ou on t'abat...

Je balance l'arme. Voilà ces croix qui me prennent pour un truand !

Je lâche la pétoire : pas la peine de me faire ressemeler par des poulets, là ce serait la fin des fins.

Je m'avance en levant les bras.

L'officier s'empare de moi.

— Où sont tes complices ?

— Je suis le commissaire San-Antonio, des services secrets... Je vous prouverai mon identité par la suite, fais-je. Dépêchez-vous, il y a à l'intérieur un tueur qui ne va pas tarder à prendre...

Un coup de feu part de la croisée. Une balle siffle à mes oreilles et frappe le casque du matuche. Le zig ouvre la bouche, étourdi par le choc. Puis il ôte son casque.

— Planquez-vous! je gueule. Il est armé! C'est un type dangereux qui vendra chèro sa viande!

Les poulagas se dispersent comme des moineaux derrière les arbres. Ils sont une demi-douzaine environ casqués et armés de mitraillettes. Une vraie mobilisation. Avec ça on va pouvoir faire la guerre!

Je parle à l'officier qui s'humecte la citrouille d'un air mauvais.

— Écoutez, lieutenant, il reste quelqu'un dans cette crèche dont les jours sont en danger : un professeur séquestré ici. Se voyant perdu, l'Italien va certainement le nettoyer avant de crever! Il lui reste encore la ressource de faire le mal, il le fera... Il faut intervenir, vite!

J'enrage de n'avoir pas pris le soufflant de Paul avant de sortir... Je fais le compte, il doit rester quatre balles dedans... Sans compter que...

Mais mes calculs sont faux...

Un carreau de la turne vole en éclats et

soudain il se met à vaser de la grosse mouche en acier dans le secteur. C'est pas avec son revolver de jeune fille qu'il crache, Panta, mais avec une Sten authentique, je reconnais la marque au bruit. Je devais bien me gaffer qu'ils avaient de l'outillage de rechange, les salauds! Une bonne mitraillette dans les paluches d'un gars qui se sait fichu, ça prend des allures inquiétantes. Il arrose circulairement le coin de jardin avec sa machine à effeuiller les bulletins de naissance.

L'officier, qui se planque avec moi derrière un tronc de marronnier, n'en mène pas large. De toute évidence il ne s'attendait pas à cette réception...

— Je vais faire demander du renfort, dit-il.

Je le regarde.

— Vous êtes six, à votre avis ce n'est pas suffisant?

Il pâlit.

— D'accord, mais il est armé...

Il a une bizarre conception d'un siège, le gradé.

— Dites à vos hommes de rester à couvert... Qu'ils tirent après chaque salve du gars...

Il me regarde et se rend compte de la justesse de mon conseil. A partir de maintenant ça devient un second Verdun! La fenêtre par laquelle Pantaroli tire se met à faire des mioches du haut en bas et tout autour la façade s'écaille sérieusement. Faudra faire ravaler la crèche pour la rendre présentable.

L'agent immobilier qui se chargera de la revente aura de la peine à expliquer ces égratignures...

La Sten de Panta s'est tue... La maison tombe dans le silence. Elle paraît sans vie. Moi je pense au vieux professeur et je fais la grimace... Pourvu que l'Italien ne le démolisse pas!

— On va donner l'assaut, décide l'officier qui se prend pour le maréchal Foch.

Il crie d'un ton très « fort de Vaux » :

— En avant!

Ses hommes et lui-même se mettent à courir en direction de la cambuse. Pas moi. Car je ne suis pas fou et je sais que le terrain découvert est mauvais dans certains cas, particulièrement lorsque le but à atteindre crache de gros noyaux à une cadence folle.

Ce que j'ai prévu se réalise. A peine les hommes sont-ils sortis de leurs planques que Panta ouvre le feu, mais d'une autre fenêtre cette fois. Des cris s'élèvent. Un garde va à dame et se met à ruer et à griffer l'herbe de la pelouse car il est touché à mort et il a du mal à avaler son extrait de naissance... Un autre a l'oreille arrachée et joue les Van Gogh en appelant sa vioque. Une vraie mazette.

La situation est critique...

— Vous devriez faire contourner la maison, dis-je à l'officier, lequel vient de me rejoindre en soufflant comme une locomotive.

— Mais j'ai essayé, dit-il, toutes les ouvertures sont munies de barreaux. Il n'y a qu'une issue : la porte. Tant que cet homme aura des munitions nous n'entrerons pas!

— Il faut pourtant intervenir...

Je me creuse le bol pour trouver une solution valable. Il n'y aurait pas le prof, je les laisserais se démerder car au fond, le Rital ne peut pas leur échapper. En effet, si les bourdilles ne peuvent entrer, Pantaroli, lui, ne peut sortir, ce qui, en fin de compte, laisse l'avantage à la loi...

— Le salaud! grince le lieutenant, il m'a tué Pilois!

— Et il vous en tuera d'autres encore si vous vous amusez à gambader devant sa seringue...

Mauvais, il me demande :

— C'est vrai que vous êtes commissaire?

— Vous verrez...

— Qu'est-ce que vous faisiez ici?

Je lui résume dans les grandes lignes la mission dont j'étais chargé.

— Vous êtes arrivés à la fois trop tard et trop

tôt, dis-je. Trop tard car j'ai dû m'employer à fond et en buter un pour sauver mes os, trop tôt car vous avez fait diversion et permis au survivant de se barricader...

Mes objections ne l'atteignent pas; il est colosse derrière son grade, vraiment décontracté et pas assailli par des complexes.

— Dites, lieutenant, avez-vous des grenades?

— Non...

— Dommage...

Soudain il me vint une autre idée...

— Il faut faire vite maintenant, dis-je. J'ai une idée... Dans la remise, j'ai vu une échelle. Elle doit être assez grande pour me permettre d'atteindre le toit. Je vais grimper, enlever des tuiles et essayer d'entrer ainsi dans la cambuse. Lorsque vous me verrez me glisser à l'intérieur, faites cracher les flingues afin d'occuper le zigoto, compris?

— Oui...

— Sur ce, donnez-moi une arme.

Là il hésite. Après tout, je ne lui ai pas donné de fafs et il doit me croire sur parole... Il ne sait trop que penser...

— Quoi, je murmure, vous n'avez pas confiance?

— C'est-à-dire...

Je gueule :

— Il n'y a pas de c'est-à-dire. Ou bien vous me croyez et vous me passez une mitraillette ou bien vous ne me croyez pas et vous me passez les menottes, il n'y a pas de demi-mesure...

Dompté, il m'allonge sa Thompson.

Je m'éloigne en rampant dans les buissons. J'arrive sur l'autre face de la maison...

Je gagne la remise, sors l'échelle et la traîne jusqu'au pied du mur. Le plus coton c'est pour la dresser car elle est lourde comme un troupeau d'éléphants.

En suant j'y parviens tout de même.

J'escalade les échelons aussi vite qu'un employé de ministère dont la femme a des faiblesses pour le ministre. Une fois sur le toit, j'arrache quelques tuiles et je me glisse dans le grenier après avoir fait signe aux gardes d'ouvrir le feu.

Ça pétarade vilain! Ainsi Panta est occupé et ne fait pas gaffe à ce qui tombe du ciel...

La porte du grenier n'est pas fermée à clé. Je débouche sur un étroit palier et je commence à descendre l'escadrin. J'arrive sans encombre au rez-de-chaussée. J'entends des jurons. C'est Panta qui, dans la salle à manger, se dope à coups de gros mots. La lourde est ouverte. Il se tient accroupi de côté, de temps en temps il passe le canon de son arme par le coin de la fenêtre et lâche une courte rafale.

— Pose ça, je lui dis, et démerde-toi de lever les bras!

Il sursaute terriblement, se retourne et me regarde.

— Ne joue pas au con! je brame, voyant qu'il relève sa mitraillette...

Mais il est décidé à tout, y compris à crever. Après tout c'est son destin à lui... Puisqu'il choisit les grands remèdes, je n'ai qu'à agir en conséquence.

Je presse la détente de ma Thompson et une volée de balles giclent avec un crachotement rageur.

— A ta santé, Pantaroli, je murmure.

Il ramasse tout le paquet dans la viande. J'ai tiré en croix, d'abord de gauche à droite, puis de bas en haut.

Il n'a pas le temps de dire ouf. Il s'effondre, criblé, déchiqueté, ouvert, béant, mort comme il n'est pas permis...

Je répète :

— A ta santé, pauvre cloche!

Et je m'approche.

— Tu aurais dû lire *France-soir*, gars... T'aurais appris que le crime ne paie pas.

Ils se croient plus malins que les copains,

tous... Et puis ça se termine toujours de façon violente.

Il est là, écartelé comme une charogne sur la moquette, se vidant de son bon raisin, fumant, désert...

Venir de Naples et mourir!

— Pauvre con.

Je vais délourder en prenant des précautions infinies car les mobiles seraient chiches de m'assaisonner, croyant à une sortie désespérée du mec...

— Ça y est, je leur crie, il est canné, amenez-vous...

C'est la ruée...

Tandis qu'ils s'empressent, je me mets en devoir d'enfoncer la lourde de la pièce où est enfermé le vieux au crâne luisant.

Il doit se demander ce qui se passe, le pauvre homme. En voilà un qui devra un joli morceau de chandelle à San-Antonio...

Au second coup de boutoir, la porte rend l'âme... Je fais un valdingue terrible dans la pièce. Les volets sont mis, je n'entends rien. Je cavale à la fenêtre et je pousse les contrevents. Le brave soleil éclaire la carrée. Celle-ci est vide, totalement, intensément vide!

Pas plus de professeur que de sucre en poudre dans le boîtier de votre montre-bracelet.

— Nom de Zeus! m'écrié-je en grec ancien.

Et je cavale dans toute la strasse pour essayer de dégauchir le vieux, mais à part les deux cadavres la maison est inhabitée...

— Quelque chose qui ne va pas? me demande le lieutenant.

Pour la première fois de ma vie, j'ai envie d'étrangler un garde mobile!

DEUXIÈME PARTIE

CHAPITRE XI

Le Boss n'a pas l'air content, et quand il est en rogne il dessine. Comme ces dessins sont l'expression de son état d'âme, celui qui se développe sur le buvard de son sous-main ressemble à un gorille constipé.

Son crâne ivoirin brille voluptueusement sous la lumière du réflecteur du bureau... Il le soutient d'une main racée à l'auriculaire de laquelle scintille un camée noir.

Le silence est si épais qu'on a envie de le détailler en tranches pour le vendre sur les aérodromes et dans les usines où s'activent des marteaux-pilons.

Assis sur le bord de ma chaise, je le regarde sans piper. J'ai souvent vécu ces tête-à-tête muets avec lui. Rien n'est plus désagréable : je préférerais passer à la peau de chamois tous les passages cloutés de Paris plutôt que de subir sa souveraine autant que silencieuse réprobation.

Enfin il lâche son Waterman à bille et joint ses mains comme pour une prière.

— Résumons-nous, dit-il.

Il a les yeux mi-clos, comme un médium en transes.

— Hans Mutter est le troisième savant spécialisé dans l'énergie nucléaire qui disparaît cette année en France. Pour les deux premiers, la presse a parlé de fugue derrière le rideau de fer, mais nous avons tout lieu de croire que ces « fugues » ont été « réalisées » contre la volonté des intéressés.

« Notre pays va devenir la bête noire du monde scientifique, si l'on y kidnappe les sommités de l'énergie atomique ! Lorsque l'Anglais James Wood a disparu au Bourget, au moment où il débarquait, l'enquête a signalé la présence sur l'aéroport de Paul Mongin, dit Paul le Pourri... »

Il jacte avec une certaine emphase et, dans sa bouche faite pour le subjonctif et le participe, les termes « Paul le Pourri » prennent un sens nouveau, pénible, répugnant...

— C'est pourquoi, enchaîne-t-il, intarissable lorsqu'il s'écoute parler ; c'est pourquoi, mon cher ami, je vous ai demandé d'entrer en rapport avec cet homme... Et ce, d'une manière qui vous permît de partager sa vie. Nous avions la ressource de l'arrêter et de le... questionner. Mais ce procédé risquait de tout faire échouer en mettant la puce à l'oreille de l'organisme clandestin chargé de l'enlèvement des savants.

Il palpe sa coquille en peau de chose premier choix comme s'il craignait qu'elle ne fût fêlée pas son gambergeage à haute tension; puis il reprend son stylo et ajoute une montre-bracelet au gorille.

— J'ai cru bien faire, dit-il, d'une voix qui appelle désespérément une ratification enthousiaste de ma part.

Sans vergogne j'affirme :

— C'était pensé en chef, chef!

Il opine avec un air à la fois satisfait et blasé.

— J'avais pensé à tout, sauf à cette histoire de balles à blanc...

Je prends la bévue à ma charge, en bon subordonné soucieux de faire carrière.

— C'est pas votre faute, chef... J'aurais dû me munir d'un vrai chargeur et remplacer l'autre aussitôt après la corrida rue Ballu.

Il calme mes scrupules d'une main apaisante et noble. Je louche sur son camée dont le motif est un petit mec à poil qui bande son arc comme un as. Ce petit gonze, ça doit être Cupidon ou un de ses potes.

— Ce qui est fait est fait, décrète le Vieux qui

adopte volontiers les formules toutes faites à condition toutefois qu'elles soient redondantes...

— C'est vrai, dis-je, un brin fataliste.

Il poursuit :

— Paul Mongin était un individu non dépourvu d'intelligence...

Je trouve la formule ravissante mais un peu longuette. Moi j'aurais dit qu'il n'était pas con, c'était plus direct encore que moins académique...

— ... Et il a averti « les autres » de l'incident. Alors ces gens, à la malignité desquels je rends hommage...

— Point de suspension, à la ligne ! je soupire.

— Pardon ?

— Rien, patron !

— Donc, reprend le Vieux, ces gens qui se préparent à kidnapper Hans Mutter, de la faculté de Stockholm...

Ça m'aurait étonné qu'il ne lui refile pas ses titres, à M. Persil-dans-les-manettes !

— ... comprennent le parti qu'ils peuvent tirer de vous. Vous venez pour les surprendre, ce sont eux qui vous bernent... Vous êtes le collaborateur idéal. Tant que vous êtes sous leur contrôle, ils peuvent agir en toute tranquillité, l'essentiel étant de vous supprimer une fois le coup réussi...

— C'est ce que je pensais, ne puis-je m'empêcher d'avouer.

Le Boss me foudroie du regard. Il aime pas les interventions. Ça le défrise...

— Mande pardon, chef...

— Ils accomplissent donc le kidnapping, avec votre collaboration effective, ce qui ne manque pas d'humour. Hans Mutter arrive de Washington, il doit prendre le train au Havre pour Paris... C'est dans le train qu'il sera enlevé...

« Il y a l'incident malheureux dont vous êtes la cause... »

Là, je viens au renaud! Si maintenant mes chefs me font les mêmes griefs que les truands, c'est le bouquet. Allez m'acheter pour vingt ronds de chrysanthèmes que je me suicide!

— Je ne pouvais tout de même pas conserver sur moi ma carte de commissaire! protesté-je.

— Certes, dit le Vieux... Aussi bien ne vous le reproché-je pas...

« Toujours en votre compagnie, ils finissent par regagner leur P.C... Vous enterrez le mort, sous vos yeux on enferme le professeur Mutter dans une pièce, vous allez vous coucher et vous dormez. Pendant ce temps, Paul et son complice font sortir le savant de la maison et l'emmènent jusqu'au chemin où une autre voiture en provenance de Paris attend. Nous avons relevé des traces de gros pneus à cent mètres de la propriété, sur le chemin, à l'endroit où une clôture brisée permet à une voiture de manœuvrer...

Il me demande :

— Pourquoi avoir agi ainsi?

Je vais pour répondre car sa question n'a rien de duraille, mais il me coupe la parole, gourmand, voulant s'entendre énoncer la solution :

— Parce qu'ils tenaient à vous faire croire que le professeur était toujours dans la maison. Cela leur permettait de gagner du temps. Un temps combien précieux! Et de faire passer la frontière à Mutter. A l'heure où sa disparition était officiellement constatée, il était embarqué pour une destination inconnue tandis que la police le croyait dans la maison, sous votre protection!

Il jubile.

— Admirable combinaison, plan machiavélique...

J'ai envie de lui taper sur l'épaule pour lui dire de lâcher le superlatif. On n'est pas ici pour faire l'apologie des petits malins qui m'ont repassé!

Il s'arrête de lui-même.

— Nous avons été mystifiés, San-Antonio. Je quitte à l'instant le ministre de l'Intérieur. Il en a assez de ces enlèvements camouflés en fugues! Les nations amies dont les disparus sont les ressortissants, s'indignent! A la perte considérable que représente la disparition de ces hommes éminents...

Je pense : « Ouvrez le ban! »

— ... s'ajoute le déshonneur qui entache leur nom. Ils passent pour des traîtres alors que ce ne sont que des victimes. M. le ministre m'a laissé entendre que les choses iraient mal pour nous si nous ne parvenions pas dans un bref délai à une solution satisfaisante! Vous comprenez ce que cette menace signifie!

— Je comprends, chef!

— Bon, alors il nous faut décapiter d'urgence cette organisation. Mettez-vous en campagne sans perdre un instant. Disposez de tous les concours que vous jugerez nécessaires, mais il me faut des résultats! Vous m'entendez, San-Antonio? Des ré-sul-tats!

Il a presque crié. C'est la première fois que je le vois sortir de ses gonds. J'en suis baba. Et comme tous les babas, j'ai besoin de m'humecter au rhum pour me sentir mieux.

Je me lève en tortillant mon bitos.

— O.K., je me mets en chasse...

— J'y compte. Souvenez-vous : si vous échouez, il y a quatre-vingt-dix chances sur quatre-vingt-dix que vous soyez muté à la P.J.! Finis la liberté de mouvement, les notes de frais illimitées, les...

Il se tait, à court d'arguments.

— Si ça peut vous faire plaisir, dis-je, je vais démissionner!

Mon ton froid et tranchant le revigore.

Il s'adoucit. Ses châsses furibards prennent la douceur du velours de première qualité.

— Voyons, San-Antonio, murmure-t-il, vous savez tout le bien que je pense de vous, n'est-ce pas? Seulement, croyez-moi, cette affaire est grave parce qu'elle dépasse le domaine du « secret ». C'est du « secret » à grand tapage et alors les gros bonnets s'émeuvent, c'est fatal...

Je répète :

— C'est fatal. Seulement les gros bonnets ont tout ce qu'il faut pour s'émouvoir : un fauteuil tournant, douze téléphones pour crier leur désapprobation et une armée de sous-fifres à engueuler...

Je hausse les épaules.

— Enfin, nous vivons dans une société organisée... Salut, chef!

Je sors et je manque m'étaler dans le couloir parce que le gros Bérurier, comme par hasard, relaçait ses lattes devant la lourde du Vieux. Il relace toujours ses pompes devant une porte par laquelle s'échappent des éclats de voix. C'est une manie chez cette gonfle!

Il balbutie :

— Ça ne va pas, S.-A.?

— Ça va admirablement bien, dis-je en ricanant sauvage, j'ai lu ce matin dans le journal que le prix du sucre allait baisser de trois centimes à partir de demain, alors tu parles si je suis joyeux... Je vais de ce pas siffler une paire de rhums au troquet d'en face, Gros; si le cœur t'en dit...

CHAPITRE XII

Il y a un trèpe considérable aux obsèques de Paul Mongin dit Paul le Pourri, le surlendemain matin.

Messieurs les Hommes sont tous laga. Les macs des quartiers populeux, les patrons de boîtes des Champs-Zés, les dirlos de clandé, les rois de la chnouf, les buteurs diplômés, ceux de la traite, les troncs, les Corsicos, les Ritals, les Grecs, les Espagos, tous loqués avec distinction : limaces de soie ou à l'extrême rigueur du nylon premier jus, costars sur mesure non industrielle, bitos de chez Mossant, avec tous au poignet des horloges en 18 carats *made in* Switzerland ! Et en plus de Messieurs les Hommes, y a les pépées : le beau linge de la Madeloche, en rupture de rue Caumartin, les maquées, les sous-maquées, les putains... à dix francs, celles qui se farcissent le clodo avec les fortifications par-derrière et un parapluie ouvert par-devant pour économiser le prix d'une piaule, les pompeuses du Bois, les marchandes de neige des boîtes... Bref, le tout Paname du vice et du crime accompagne à sa dernière demeure un digne homme de chez lui, tombé au champ d'honneur. Car le flingage de Paul, aux yeux de ces messieurs-dames (à propos, j'oubliais de mentionner les tantes), a pris des allures de catastrophe, car il s'auréole de mystère. Les baveux, pour une fois, ont suivi les indications de la rousse et ont mis une sourdine sur les circonstances de cette mort. Tout ce qu'ils ont dit c'est que deux dangereux repris de justice ont trouvé la mort dans une maison de Normandie assiégée par la garde mobile. Cette fin tient de l'épopée pour les truands. Depuis la mort en avion de Marcel Cerdan, on n'avait jamais été secoué pareillement dans le mitan.

Le cortège est long comme un défilé sur la place Rouge à Moscou. Et il y a plus de fleurs que pour une générale à Marigny!

Je suis le convoi funèbre qui s'engage sur le boulevard de Ménilmontant en direction du Père-Lachaise... Personne, autour de moi, ne se doute que c'est bibi qui a nettoyé du bal le défunt. Si quelqu'un s'en gaffait, il y a des chances pour que ça aille mal pour ma pomme.

Tout à fait à l'avant, la môme Sofia, croulante

sous le crêpe, mène le deuil avec une grande distinction. Je l'ai aperçue en sortant de l'église; un peu chouïa, qu'elle est, cette polka! En la revoyant, j'ai senti ma carte d'électeur frémir. Elle a tout ce qu'il lui faut pour donner aux mâles la notion précise de leurs attributs, cette douceur.

Je vais, suivant l'enterrement, sans trop savoir pourquoi... Peut-être au fond pour rester jusqu'au bout en contact avec feu Paul le Pourri, unique lien conduisant à la bande de kidnappeurs... Tout à coup, je me sens touché au bras et je balance un coup de périscope à mon voisin de droite. Je sursaute en reconnaissant Mémé Bille en bois, un petit casseur de mes relations qui bouffe à la grande gamelle depuis un bout de moment.

Il est tout petit, Mémé, c'est je crois un ancien jockey. Il « bricole ». Il n'a pas plus d'envergure que ses épaules, et c'était fatal qu'il sombre un jour ou l'autre dans le job dégradant d'indic.

Il cligne de l'œil aimablement.

— Salut, fait-il.

Je lui rends sa politesse, à savoir un second clin d'œil. Tout frétillant, il se colle à moi.

— Alors, fait-il, on est d'enterrement?

— Tu vois...

— Pauvre Paul, hein?

Je soupire :

— Qu'est-ce que tu veux, c'est toujours les bons qui s'en vont les premiers.

Un imperceptible sourire égaie un court instant sa face blême.

Nous pénétrons dans le cimetière. En tête du convoi, le cureton à qui on a dû allonger un gentil pécule pour filer Popaul dans la terre glaise, dévide son latin...

— Il sera vite au ciel, fait Mémé. C'était un brave gars, il aurait pas fait de mal à une mouche...

— A une mouche, non! dis-je.

Là encore il réprime un sourire...

On va filer une tournanche d'eau bénite sur le pardingue sans manches de Paul. Le cimetière sent la fleur pourrie et la douceur de mourir... Il y a un soleil affable par-dessus les croix et mausolées en tout genre.

Toujours flanqué de Mémé, je me taille sans serrer la louche à Sofia qui, nature, s'est mise debout devant la lourde pour essuyer les condoléances de la populace.

Elle en a au moins pour une demi-heure, la chérie. Alors j'ai tout mon temps.

— On prend un glass? je propose à Mémé.

Surpris, flatté, béat, il accepte. Nous nous dirigeons vers le bistrot situé en face de l'entrée principale. Mémé commande un Dubonnet et moi un Cinzano.

Un instant de silence s'établit, enfin j'attaque très sec :

— Écoute, Mémé, je vais te faire une confidence...

— Oui? dit-il inquiet de ce préambule.

— Oui! Le mec qui pourrait me rencarder utilement sur les agissements du Pourri ces derniers temps aurait droit à une indulgence plénière... Mon petit doigt me dit qu'à la grande taule on lui accorderait un condé grand comme la place de la Nation, à ce type... Il serait comme qui dirait tabou à vie chez nous...

Sur ce, je liche mon godet en regardant ailleurs. J'attends que le sens de mes paroles lui soit arrivé dans la comprenette. Ça ne tarde pas...

— Pas possible? fait Mémé Bille en bois, d'un ton qui tâte le terrain.

— Si.

— Je me disais bien aussi, murmure-t-il, que pour que vous soyez à c't'enterrement fallait que ça ne tourne pas rond...

— Ça ne tourne pas rond du tout, mon gars...

Je lui prends la main.

— Vois-tu, Mémé, à la Grande Boutique on s'entend toujours avec les truands, car personne n'est plus susceptible qu'un poulet de faire ami-ami avec un truand, t'en sais quelque chose. Des fois, pour les besoins de la cause, on ferme les châsses sur des tas de trucs : braquage, trafic de stups, etc. J'ai même vu des zouaves bons pour la bicyclette à Deibler s'entendre avec nos zigues; pour te dire... Mais il y a un truc avec lequel on ne plaisante pas...

— Les faux fafs? demande-t-il.

— Non : l'espionnage!

Il blêmit encore, ce qui revient à dire qu'il tourne au gris cendré.

— L'espionnage! répète-t-il, comme si le sens du terme lui échappait...

— Voilà!

— Vous voulez dire que le gars Paul...

— Je veux le dire. J'ai la preuve qu'il était en cheville avec les dirigeants d'un réseau. Oh! il ne prenait pas d'initiatives, il était comme qui dirait la bonne à tout faire : l'homme de main; mais le résultat est le même. Ce faisant, il avait franchi la marge, la vraie et il n'avait pas la moindre chance de s'en sortir...

Je laisse encore un blanc parce qu'il faut toujours donner aux gens le temps de méditer les paroles sensées.

Puis je reprends :

— C'est pourquoi, Mémé, le gars qui nous

aiderait au sujet des activités de Paul aurait droit à la croix de guerre avec palmes!

Une vache aurore boréale s'épanouit dans le cœur de Mémé. Il voit le moyen de se mettre définitivement les perdreaux dans sa manche et pour un petit margoulin comme lui c'est une aubaine qui vaut la retraite des vieux et un abonnement au *Figaro!*

— Vois ce que tu peux faire pour m'aider, dis-je. Qui fréquentait Paul, ces derniers temps? Ça c'est un point capital comme la peine du même nom...

Il hoche la tête.

— Vous me prenez au débotté, commissaire. Paul, je l'avais perdu de vue... On s'apercevait, comme ci, comme ça, de temps en temps... Écoutez, faut que je voie ça d'un peu plus près : y a pas un endroit où je peux vous joindre en fin de journée?

— Si, fais-je, tu veux rue Pigalle, à la pâtisserie?

— D'accord, j'irai bouffer une assiette garnie vers neuf heures ce soir, j'espère pouvoir vous être utile...

Je me lève et appelle le garçon.

— Non, supplie Mémé, laissez-moi ça, c'est ma tournée.

Les voyous aiment bien payer le coup aux flics.

— Comme tu voudras, fais-je en rempochant mon bifton.

Je touche le bord de mon galure et je gagne l'entrée du Père-Lachaise où le flot des aminches commence à se tarir.

***

Paul le Pourri avait beaucoup de relations mais peu de famille, car la môme Sofia, au bout d'un instant, reste seule à l'entrée du cimetière, la dernière paluche serrée.

Je m'approche d'elle. Elle sursaute en m'apercevant et pâlit.

— Vous! dit-elle, comme dans les vieux vaudevilles.

— Moi, réponds-je, comme dans les vaudevilles vieux.

Elle regarde autour d'elle, effarée.

— Mais... Ça n'est pas prudent!

Au lieu de me perdre en explications je la pousse dans un taxi.

— On va chez toi? je demande.

— Si tu veux...

Je jette son adresse au moujik et me renverse contre la banquette. A travers le voile noir j'aperçois son nez mignon, rougi par le chagrin... Ses beaux yeux verts ont un reflet doux, ses seins sont perceptibles même sous la veste ample du tailleur noir. Moi, j'aime les filles en tailleur. J'y trouve mon compte; chacun son vice, non?

— Comment vous êtes-vous sorti de cette terrible aventure? demande Sofia.

— Par la porte, dis-je en souriant.

CHAPITRE XIII

Me voici une nouvelle fois dans l'appartement romantique de Sofia.

Ne croyez surtout pas que je sois venu ici pour la bagatelle. Le fignedé, j'aime ça, et même plus que les tartes à la framboise, mais le boulot passe avant...

Elle soulève son crêpe après avoir repoussé la lourde et me considère avec attention. Ses yeux clairs sont graves et tristes.

— Tu es vraiment imprudent, soupire-t-elle. C'est pour me revoir que tu prends de si gros risques?

— Pourquoi veux-tu que ce soit? fais-je avec un rien d'ennui car je n'aime pas abuser de la confiance d'une gentille petite poulette.

— Merci... Mais ça n'est pas prudent.

Elle murmure :

— Tout ça est affreux, Bernard; que s'est-il passé?

Je hausse les épaules :

— Que veux-tu que je te dise, Sofia : le coup fourré, quoi. On avait un turbin, Paul et moi...

Je prends mon air le plus détaché.

— Tu sais lequel? je demande.

J'attends, mine de rien...

Mais elle secoue négativement la tête.

Son ignorance ne fait pas mon lot. Je hausse les épaules.

— On devait s'assurer d'un gars. La routière nous a filé le train. Y a eu de la casse. On est parvenu à se faire la paire mais le lendemain au réveil on était fait marron par une escouade de matuches... Ils avaient de la mitraillette et tout ce qu'il faut pour le pique-nique champêtre... Ce pauvre Paul et Pantaroli ont été lessivés...

— Et toi? demande-t-elle. Comment t'en es-tu sorti?

— Un coup de vase terrible! Je me suis caché dans un tonneau vide à la cave! Ces cons-là, devaient être mirauds, ils m'ont pas vu...

Elle se jette sur moi.

— Mon chéri, mon chéri... Je suis heureuse que tu t'en sois sorti...

Je vous le dis, les gars, je suis pas venu ici pour me faire reluire, mais je suis pas en bois, ni même en carton-pâte.

Je cramponne Sofia par les meules et je la

juche sur la table. Ses bras s'ouvrent comme les portes d'un cinéma à vingt heures trente. Elle a des bas fumée qui m'ensorcellent. Je les caresse voluptueusement jusqu'à leur limite. Le contact de la soie arachnéenne, comme disent les journalistes qui veulent impressionner le public, puis celui si doux, si velouté de sa peau, me produisent l'effet d'une décharge électrique, kif-kif si je faisais *sit down* sur la cadière de Sing-Sing.

Son deuil s'arrête aux jarretelles noires; sa culotte est d'une blancheur cerfeuil! Cet éclat blanc du sous-vêtement dans ce noir m'arrache les mirettes... Je la renverse sur la table, entre un cendrier vide et le dernier numéro de *Marie-Claire*.

Sur la couverture de la revue, il y a la photo d'un bath mannequin qui me sourit d'un air complice... M'est avis qu'il aimerait lâcher la pose le petit mannequin, pour venir remplacer Sofia... au pied levé! Mais Sofia ne lui laisserait pas sa gâche! Pour le quart d'heure, elle oublie la mort de son brave oncle et les voiles noirs qui la recouvrent.

Couchée dans ses crêpes, les jambes pendantes au bord de la table, elle me chante une chansonnette, et Dieu sait qu'elle n'est pas empêchée des bronches et qu'elle n'a pas les cordes vocales détendues... Sa gueulante me fouette comme un martinet. Ah! les gars, je vous le dis, si le Vieux me voyait en ce moment, il s'achèterait une boîte d'aquarelles pour se dessiner un paysage alpestre sur le crâne. Penser que le ministre de l'Intérieur attend que je mette la paluche sur les dirigeants du gang de kidnappeurs, tandis que moi, le sous-fifre sur qui l'on compte, je suis dévotement en train de prendre du bon temps au lieu de boulonner, non, je vous jure, y a de quoi se la faire sectionner et se l'envoyer recommandée au salon des Arts ménagers!

Quand j'ai terminé, je laisse ce beau morceau de gonzesse sur la table et je fais ce que font la plupart des hommes en pareil cas : j'allume une cigarette... Ces bouffées-là valent de l'or!

La môme Sofia n'est pas encore revenue de son voyage. Elle n'a même pas la force de remuer.

Comme j'aime pas les expositions de ce genre je vais l'aider à se relever.

— Allons viens! je murmure, c'est pas télévisé.

Elle se dresse et fait quelques pas en chancelant. Elle ôte son coquin petit galure alourdi par le voile noir et sa belle chevelure rousse ruisselle sur ses épaules. Je l'attrape par les crins et je lui fignole le patin de la reconnaissance.

— C'est bon, dit-elle, ce que tu fais bien l'amour!

Le compliment me va droit au cœur. Je lui ferai porter une appréciation sur ma carte de travail un de ces jours. Je suis sûr qu'elle me délivrera tous les certificats que je voudrai!

Tandis qu'elle remet un peu d'ordre dans sa toilette, je la regarde pensivement. Ce petit coup de zizi-panpan est parfait, mais il faut que je songe au turf... Ma conscience se met à me travailler le cuir.

— Pauvre Paul, dis-je, nos relations ont été de courte durée, mais j'ai eu le temps de l'apprécier...

J'ajoute :

— Tu n'avais que lui comme parent?

— Oui, dit-elle.

— Alors t'es son héritière?...

Elle hausse les épaules.

— Oh! y a que les épiciers qui héritent, Bernard, nous...

Je poursuis mon petit numéro avec tant d'innocence que je suis sur le point d'y croire moi aussi.

— Tu débloques, fillette. Paul a été tué en travaillant pour des mecs qui savaient à quoi il s'exposait. Il ne marnait pas pour son compte... Ces mecs sont des grossiums, j'en ai vu un dans une Mercury longue comme le pont de l'Alma... Ils te doivent un dédommagement.

Ce qu'il y a de chouette, dans un sens, (qui n'est pas celui de la longueur) avec les nanas, c'est qu'elles sont toutes sensibles au côté fric de la vie. Le blé est un miroir aux alouettes plus efficace que le troulala! Aucune n'y résiste, aucune!

La plus désintéressée se laisse tenter. Tenez, j'en ai connu une, une fille charmante dont je vous dirai pas le blaze, qui voulait même pas que je lui offre un Vittel-menthe... au début! Un mois après, elle me faisait les fouilles pendant que je ronflais! Pour vous dire...

Mettez un Luis Mariano de sexe masculin d'un côté et un billet de dix sacs d'un autre et vous verrez où elles porteront leurs pas. Que voulez-vous, y a rien à faire, rien à dire... Elles sont comme ça!

Sofia qui, une seconde avant que je lui parle, était en plein délire amoureux, a maintenant une sorte de petite lueur curieuse dans le regard.

— Qu'est-ce que tu racontes? fait-elle, indécise. Tu te moques de moi?

Je prends un air douloureusement choqué.

— Crois-tu que le moment soit bien choisi pour plaisanter, petite?

— Sûrement pas...

— Alors? Je parle sérieusement. Voyons, tu peux dire que ton brave oncle Paul te servait de père. Il est mort pour le compte de ces types et tu dois palper un dédommagement pour le préjudice matériel... Parlons pas du moral, une perte pareille n'est pas calculable en francs français!

Je me retiens à deux mains pour ne pas pouffer... Ma parole, on cause du Pourri comme s'il s'agissait du président de la République.

Mais Sofia ne voit pas l'énormité de mon baratin. Elle est hypnotisée par un gros paquet de fric qui devient à ses yeux de plus en plus probable...

— Oui, dit-elle, mais ces gens... Tu crois qu'ils prendraient ma demande en considération?

Je fais un geste dubitatif.

— Pourquoi pas, on peut essayer...

— C'est peut-être dangereux, s'ils ont l'impression qu'on veut les faire chanter. Peut-être que...

Vite, je calme ses scrupules...

— Pourquoi auraient-ils cette impression? Faudra y aller carrément, sans fioriture. Leur exposer la situation d'autorité, surtout pas menacer, ni geindre : être ferme, calme, tu vois? Et t'as tout en main pour convaincre... En main et ailleurs!

Elle rit.

— Et combien crois-tu qu'on pourrait leur demander?

— Il me semble qu'une brique serait le taf raisonnable.

— Tant que ça?...

— Dis, la perte est en conséquence, non?

Vous pouvez croire que je biche. J'ai comme qui dirait l'impression de toucher au but.

Mais elle a une question qui me fait dégoder rapide :

— Bon. Où je peux les voir, ces gens?

Là, c'est le coup de mailloche sur le cigare. J'en ai les carreaux fêlés. Elle m'a tout l'air de ne rien connaître d'eux, ma Sofia d'amour en sucre.

— Où tu peux les voir? articulé-je péniblement. Mais... je... je n'en sais rien : je ne les connais pas!

— Pourtant tu me dis que tu en as vu dans une voiture américaine?

— Je l'ai vu dans la rue : bonjour, bonsoir, la bagnole a disparu... Tu n'as pas une idée de qui il s'agit, toi?

— Pas la moindre!

— Paul te parlait jamais de ses affaires?

— Lui? Tu penses : un tombeau...

Elle rougit parce que ça n'est plus une comparaison à faire.

— Il venait souvent te voir?

— Comme ça; des fois il restait huit jours d'affilée, et puis des mois se passaient sans que j'aie de ses nouvelles... L'oiseau sur la branche, Paul!

— Il ne laissait pas de papiers, objets qui pourraient nous fournir une indication?

— Non! Il avait même pas une brosse à dents avec lui!

— Où créchait-il?

— En hôtel; et il changeait tout le temps parce qu'il avait mauvais caractère et s'engueulait régulièrement avec ses logeurs pour des riens...

— T'as pas une idée de son dernier hôtel?

— Si : l'*Hôtel de la Grande France,* la semaine passée, il y était encore. C'est près de la Villette!

J'hésite :

— On pourrait y aller?

Mais Sofia secoue la tête.

— Tu ne peux pas savoir ce qu'il était méfiant, l'oncle Paul! C'était pas le genre d'homme à laisser traîner quoi que ce soit dans une chambre d'hôtel. Ses fringues, c'est tout ! Et en prenant soin de vider les poches avant de sortir, crois-moi !

Je me frotte le menton. J'ai besoin d'un coup de rasoir car l'énervement et la fatigue me font pousser la barbe à tout va. Ça crisse sous mes doigts.

Elle est toute ravagée par la déception, la pauvre âme. Elle voit s'effriter sa liasse de talbins... La brique envisagée s'éloigne comme sur une planche savonnée en pente raide.

— Écoute, Sofia, soyons logiques : Paul, c'était un homme, non? Il ne vivait pas seul, personne n'est vraiment seul. On a toujours quelqu'un quelque part : homme ou femme qui vous attend et qu'on va retrouver pour jouer au sifflet dans la tirelire !

— C'est vrai...

— Alors ton oncle avait une poule, ou un petit ami s'il était de la pédale, mais il avait quelqu'un, bien que sa gueule — sauf le respect que je dois à sa mémoire — ne soit pas engageante.

Elle fait claquer les doigts...

— Oui ! dit-elle, autrefois il fréquentait une bonne femme... La mère Tapecul... Une espèce d'ivrognesse effroyable... Elle devait avoir un vice qui plaisait au tonton...

— Qu'appelles-tu « autrefois »?
— Ben... Il y a de ça deux ou trois ans...
— Peut-être qu'il la fréquentait toujours?
— C'est à voir...
— Où habite-t-elle, cette pin-up?
— Antony...
— On va y aller... Ça donnera p't'être quelque chose.
— Oui, mais ça n'est pas prudent pour toi...
— T'occupe! On va prendre un taxi jusque chez un pote à moi qui me prêtera sa tire.

Inutile de vous préciser que la voiture du copain c'est en réalité la mienne que j'ai hâte de récupérer!

CHAPITRE XIV

Une fois au volant de mon météore, je me sens en pleine possession de mes moyens et l'existence se présente par le bon bout. En vingt minutes je suis à Antony. Il fait un beau soleil et midi sonne à toutes les horloges de la région.

— Quand on aura vu la vioque, on ira grailler, fais-je à Sofia.

Elle a troqué ses fringues noires contre un petit tailleur à la jupe très courte. Ce petit lot, on a un réel plaisir de le balader, croyez-moi...

Tout en conduisant, je laisse traîner mes mains sur ses jambes et elle se coule carrément à la renverse, les yeux fermés, avec un soupir qui veut en dire long. C'est simple, j'ai jamais rencontré une fille pareille. Cette souris, pour l'éteindre, faut mobiliser les pompelards de la porte Champerret avec outillage de choc. Malgré la partie de tu-me-veux-tu-m'as qu'on vient de faire, elle est toute prête à remettre le couvert,

Sofia. C'est du cratère en éruption. Avec elle, on a le Stromboli à domicile !

Je lui distribue quelques caresses furtives qui, loin de la calmer, lui font crier « maman » et je comprends que j'ai commis une cuterie monstre en la court-circuitant. C'est le genre de pépée qui, une fois branchée, a besoin d'aller jusqu'au bout.

— Prends-moi ! crie-t-elle.

Et ce, juste au moment où je ralentis à un carrefour à proximité d'un flic. Il en a la manette froissée, le pauvre...

Nous sortons de l'agglomération et, après avoir engagé ma charrette dans une petite voie tranquille et balancé un coup de périscope sur les environs, je lui offre le petit coup de ramonage de l'amitié.

Ensuite de quoi ça va mieux de part et d'autre, et, les nerfs en paix je pénètre, pour changer, dans Antony.

Le plus coton, maintenant, c'est pour trouver la mère Tapecul, car vous devez bien penser, malgré votre ramollissement de la coquille, que Tapecul est un sobriquet. Sofia ne lui connaissant pas d'autres blazes, on doit fonctionner au signalement.

— Écoute, dis-je à ma douce compagne, si

elle se poivre le naze, cette vieille peau, c'est dans les troquets qu'il faut se rencarder...

— C'est vrai, reconnaît ma vamp; tu as de la suite dans les idées.

— Tous les gars de Clermont sont comme ça! affirmé-je.

Nous repérons un petit bistrac qui ne paie pas de mine. Sur la vitre il y a écrit : « Chez le Gros. » J'enfonce le bec-de-cane et je pénètre, suivi de Sofia, dans une salle de bistrot qui fait un peu cambrousse. Sur les murs il y a un papier peint unique en son genre, dont le motif représente un épagneul tenant un faisan dans sa gueule. Multiplié à l'infini, ça donne une jolie meute et un joli tableau de chasse. Le tout est pisseux à souhait...

Un billard couvert de moisissure occupe le fond de la salle. Il y a des tables de marbre, un vieux rade et, en vitrine, des journaux jaunis et des bocaux de bonbons... Il est là, le « Gros »... Et il a maigri depuis qu'il a fait peindre son enseigne. Ses joues sont flasques comme des fesses de centenaire, mais son bide est resté conséquent. Il paraît nourri aux gaz de ville!

— Ce que ce sera? éructe-t-il.

— Deux Cinzano!

Il nous sert...

— Dites voir, je susurre, vous connaissez pas

dans le pays une brave poivrote qu'on appelle la mère Tapecul?

Il a un rire languissant qui ressemble à une valve de chambre à air se libérant.

— La mère Tapecul? dit-il. Vous pensez que je la connais, c'est ma meilleure cliente...

Il demande, réalisant brusquement que ma question est insolite :

— Pourquoi?

— J'aimerais lui parler...

— C'est à quel sujet?

Pas complexé, le Gros. La discrétion ne l'étouffera jamais!

— Je me réserve de lui dire, fais-je, sentencieusement.

Ça le met en boule. Il se renfrogne et c'est d'un ton fulminant qu'il lâche :

— La seconde rue à droite, tout au fond, une baraque en planches couverte de tôle ondulée...

— Merci...

Je casque et on se taille.

Effectivement, la masure est digne du surnom de sa locataire. Elle fait « Chiffonnier d'Emmaüs » en diable... Tout y est : les vieux bidons, les vieux pneus dans le jardin où trois poireaux végètent dans de la mauvaise herbe... Les fenêtres aux carreaux remplacés par des boîtes de conserves aplaties...

La porte qui ne ferme plus...

La cuisine-chambre à coucher-salle à manger, aux meubles constitués par des caisses, au lit fait avec de la paille sur lequel la mère Tapecul repose, peinarde à jamais, la gorge ouverte d'une oreille à l'autre.

***

C'est Sofia qui l'aperçoit la première. Elle pousse un cri et s'immobilise le doigt tendu. Je m'approche, les sourcils froncés... Ça n'est pas beau. L'ivrognesse était une dame qui n'avait pas besoin de se mettre des bigoudis pour friser la soixantaine; elle est toute ridée, toute flétrie, et cradingue comme il est pas permis... Je ne sais pas s'il se l'embourbait encore, Paul, mais fallait pas qu'il ait l'imagination turbulente, je vous jure! Un lot pareil, le dernier des derniers l'aurait pas voulu! De quoi vous guérir de l'amour pour toujours et vous faire prendre un engagemennt définitif dans le régiment des eunuques!

Elle est vêtue de hardes effroyables... Sa bouche est ouverte sur un dernier râle, ses yeux lui sortent de la tronche... Le sang qui a coulé de l'affreuse blessure est tout noir... Sec depuis belle lurette. La vieille est froide comme un nez de clebs. On a dû l'assassiner hier, à mon avis, peut-être avant-hier... J'abandonne le corps pour examiner les lieux ; pas besoin d'avoir son brevet de pilote pour comprendre qu'on a farfouillé partout ! Il y a un désordre indescriptible... Des billets de banque jonchent le sol, ce qui prouve que le fricotin n'était pas le mobile du meurtre.

Si le Pourri avait confié quelque chose à la vieille morue, il est rigoureusement certain que les dirigeants du gang ont récupéré ce quelque chose. Ils pouvaient y aller carrément. Tous les jours on en bute, des mères Tapecul. La gargante ouverte ça fait règlement de comptes ou geste de poivrot. La police met ça sur le compte d'un traîne-patins quelconque, on arrête un clodo, on le passe à la purge. S'il est chlass, il avoue tout ce qu'on veut et il se retrouve dans le quartier des condamnés à la détronche un vilain matin, sans bien piger ce qui lui est arrivé.

— C'est atroce, gémit Sofia.

— Oui, dis-je, le coup est vache. Probable que les patrons de ton oncle tenaient à l'œil leurs employés. Ils ne prennent pas de risques inutiles, la preuve !

Elle soupire :

— Qu'est-ce qu'on fait ?

— Que veux-tu qu'on fasse ?

— On s'en va?

— Oui...

Et en effet, on les met. Je me promets d'avertir la rousse plus tard, quand j'aurai largué la petite rouquine... Comme quoi je vais d'une rousse à l'autre sans hésiter! Notez bien que ce jeu de mots est minable, je le sais, mais on ne peut pas distiller du génie à longueur de journée, ça fatigue tout le monde...

Nous quittons Antony et reprenons la route de Paris.

— On va toujours casser une graine, dis-je. C'est pas le moment de se laisser abattre...

Je repère une auberge gentillette à l'enseigne du « Beau Pigeon ». Espérant qu'il ne s'agit pas du client, j'arrête ma tire et nous investissons le territoire.

Une brave servante à l'air plus gourde que nature nous attribue une table près d'une fenêtre. Nous nous mettons à consommer une poularde demi-deuil (de circonstance après les obsèques de Popaul) lorsque la lourde s'ouvre sur Blandin, un inspecteur de la P.J. que j'ai eu sous mes ordres avant d'entrer dans les services secrets.

C'est un grand con qui n'hésite jamais à dire ou à faire une connerie lorsque l'occasion se présente.

Bien entendu il vient tout droit à moi.

— Monsieur le commissaire! brame-t-il; quelle bonne surprise! Qu'est-ce que vous faites dans mon bled?

Pour un paveton dans la mare, c'en est un. C'est même un vrai aérolithe. J'en suis soufflé et j'ai une peine inouïe à avaler ma bouchée de poultock.

Sofia est d'un joli gris tirant un peu sur le vert. Elle pose lentement sa fourchette sur le bord de son assiette et se met à nous regarder, cet endoffé de Blandin et moi, avec des yeux chargés de stupeur.

— Salut, fais-je mollement à Blandin.

Mon regard lui apprend qu'il a commis sa énième connerie de la journée.

Il se trouble, balbutie, déclare qu'il fait beau, me dit que sa femme est en cloche de son troisième, qu'il est en congé de maladie à la suite d'un phlegmon dans la gorge et enfin pirouette pour filer... Ce gnace, ça m'étonnerait qu'il ait de l'avancement, ou alors faudrait que je n'aie pas le temps de m'occuper de lui. Même si je cannais avant de l'avoir recommandé en haut lieu, je crois que je ferais un nœud à mon linceul pour ne pas l'oublier.

Deux pleines minutes d'un silence épais comme du mortier s'écoulent. Nous ne bronchons ni l'un ni l'autre. La serveuse, voyant que nous cessons de tortorer, nous demande si le poulet ne nous convient pas.

— Pensez-vous, fais-je, il est sensationnel... Le poulet, pensez; c'est notre plat préféré, n'est-ce pas chérie? je demande à Sofia.

Elle se remet à manger avec des gestes automatiques.

Quand elle a morfilé son aile, elle dit :

— Au fond, ça ne m'étonne pas...

— Qu'est-ce qui ne t'étonne pas, mon cœur?

— Que tu sois un flic...

— Ah! oui?

— Oui! Tu n'as pas les manières d'un truand... Il y avait quelque chose en toi qui sonnait faux. Tu semblais... je ne sais pas : trop vrai! Il y avait trop d'ironie dans ton personnage....

Elle tourne pour la première fois depuis l'incident ses beaux yeux sur ma belle personne.

— Qu'est-ce que tout ça veut dire?...

Je soupire.

— Je suis des services secrets, avoué-je, pas la peine de te bluffer plus longtemps...

— Pas la peine, en effet!

— Qu'est-ce que tu veux : ton oncle a joué au con. Il s'est lancé dans un turbin qui n'était pas fait pour lui, ni pour les mecs du milieu...

Elle hoche la tête.

— Vous avez pensé remonter jusqu'aux organisateurs grâce à lui?

— C'est ça.

— C'est pourquoi tu as fait toute cette mise en scène?

— Eh oui!...

— Je comprends pourquoi tu t'es sorti du mauvais pas. Le seul rescapé : tu parles! Si ça se trouve, c'est seulement toi qui les as descendus, dans la maison là-bas?

J'avale ma confusion.

— T'es malade, Sofia? Puisqu'au contraire je comptais sur Paul pour trouver les chefs du gang!

— Alors pourquoi la police a-t-elle donné l'assaut puisque tu y étais?

Elle raisonne comme une reine, cette môme. Pour lui vendre des navets creux, faut drôlement lui bander les yeux et lui mettre des gants de boxe...

— Il y a eu maldonne... Tu sais, la police est très compartimentée... Souvent la liaison se fait mal entre les différents services : la preuve!

Mais elle est triste, sceptique.

— Dire que je croyais que tu avais un penchant pour moi...

Je lui prends la taille.

— Ne sois pas bête; tu as la preuve que je m'en ressens drôlement pour ton académie!

— Oh! parce que t'es un homme...

J'exulte.

— Eh oui, justement : je suis un homme. Tu as résumé admirablement le problo... Tous les hommes sont des hommes, flics ou truands! Des hommes qui aiment les belles filles, des hommes, quoi! Qu'importe le côté de la barricade. Tu me plais, Sofia... Je te le prouverai toujours quand tu voudras...

Elle a un pâle sourire.

— Tout de même, fait-elle, avoue que la situation est assez particulière...

— Moi, je la trouve poilante. Tu ne veux plus bouffer?

— Non.

— Moi non plus... Allez, viens!

En pilotant mon char, je gamberge. Je me dis qu'il n'est pas tellement prudent de laisser Sofia retourner chez elle, car les employeurs de Paul ont une façon un peu dure de couper les ponts! S'ils se mettent à ratisser le passé de Paul pour enlever les traces de leurs activités, Sofia est en danger.

Je lui explique ça et elle se trouble

— Tu crois qu'ils...?

— Et comment. Écoute, pendant deux ou

trois jours va à l'hôtel sous un autre nom... Tiens, l'*Hôtel des Quatre-Dauphins,* rue de l'Isly. C'est central et ce sont des potes à moi qui le tiennent!

— Comme tu voudras, mais à une condition...

Son regard trouble m'en dit long sur ces conditions!

Je lui caresse la joue (pas la peine de l'enflammer, j'ai pas le temps de la servir).

— D'accord, Sofia... J'irai te voir! Je sais que tu n'aimes pas pieuter seule!

CHAPITRE XV

Ça n'est pas une assiette garnie que s'empiffre Mémé, malgré son pronostic, du matin, mais une poitrine farcie plus appétissante que celle de Liz Tailor.

Il tortore gloutonnement comme s'il n'avait rien ingéré depuis les restrictions.

Je m'assieds à côté de lui sur la moleskine sans qu'il m'ait vu radiner et il a un hoquet qui manque l'étouffer.

— Déjà vous! fait-il.

— C'est un mot de reproche, ça, Mémé...

Il secoue la tête.

— Vous charriez, monsieur le...

— Ça va, dis-je, balance pas mon titre à tout va, je suis pas mégalomane, Dieu merci.

Il louche sur sa poitrine qui refroidit, n'osant plus la consommer.

— Eh bien, bouffe! je lui fais, faut pas que je te coupe l'appétit, au contraire, je veux être ta bonne quintonine des familles!

— Oh ! fait-il, ça peut attendre.

— Mais non, dis-je, la poitrine farcie c'est pas comme la vengeance, ça doit se manger chaud...

Il m'obéit rapidement, mais il est gêné et il avale des bouchées qui étoufferaient une autruche.

Pendant qu'il évacue son plat du jour, je regarde l'animation de la rue Pigalle par la vitre qui se trouve dans notre dos. Il y a une rangée de plantes vertes, un store, des rideaux, mais comme le rideau est à jours et le store à claire-voie, la visibilité reste totale. La rue commence à s'animer. Il y a des p... en pagaïe qui font le touriste, des aboyeurs qui racolent aussi en promettant des sensations rares aux pauvres peigne-culs débarqués de leur bled ; les néons des boîtes se mettent à clignoter. Le populo remonte de la Trinité comme les truites remontent les ruisseaux en crue. L'Américain donne bien, le terreux aussi. Allons, la soirée sera bonnarde pour ces messieurs-dames.

— J'ai du nouveau, me fait Mémé Bille en bois avec un petit sourire triomphant dans le regard.

Cette affirmation me fait passer un frisson de plaisir au long de l'échine.

— C'est vrai, gars ?

— Authentique...

— Allons, tant mieux, mais ne parle pas la bouche pleine!

Il achève son glass de rouge et clape de la langue pour témoigner à l'assistance la satisfaction qu'il a éprouvée en becquetant son plat garni.

Sa gueule est marrante : minuscule, avec des cils de pierrot et des éventails à hannetons démesurés.

— J'ai mené ma petite enquête, dit-il.

— C'est vrai?

— Oui. Faut dire que le mitan, ça me connaît. J'ai dragué toute la journée, interrogeant les uns et les autres...

— Et t'as obtenu du résultat?

— Ouais...

— A savoir?

— Paul voyait quèquefois un type genre haute société, bien loqué, les cheveux gris...

— Et des lunettes ovales? je complète.

Attristé, Mémé balbutie :

— Ah! vous êtes au courant?

— De ça seulement...

— Bon. Des potes à Paul l'ont vu, une fois ou deux dans une tire ricaine, une vache bagnole...

— Je connais...

— Mais vous savez tout, alors! Vous n'avez pas besoin de moi!

— Oh! que si... T'as le numéro de la tire, je parie?

— Non... Mais je sais où on peut rencontrer le gars aux bésicles!

— Alors là t'es un chef, Mémé!

— Vous comprenez, explique-t-il, un des mecs qui a vu Paul en sa compagnie l'a repéré dans un bar et...

Ce qu'il dit est intéressant mais c'est court. Beaucoup trop court... Je regrette de lui avoir conseillé de finir sa poitrine farcie avant de parler, car c'est la sienne, brusquement, qui est farcie. Et pas avec du hachis, je vous l'annonce!

Ça se passe avec une telle soudaineté que je réalise mal la situation... C'est tellement confus que je ne sais pas par quel bout commencer pour vous raconter ça D'abord y a un bruit pareil à celui que ferait une gigantesque allumette grattée sur une râpe. Ce bruit-là, pas la peine d'avoir fait son service militaire dans la garde princière de Monaco pour savoir qu'il est produit par une mitraillette

La vitrine que nous avons dans le dos fait des petits. Mémé se met à tousser et à glavioter du raisin sur la nappe... Tout le monde gueule... Un vrai rodéo. Entrée gratuite; si cardiaque, s'abstenir!

Je me dis qu'un enfoiré de première grandeur

vient de lâcher une rafale sur nous, de dehors. Il nous fait le coup de Jean Jaurès... Je me demande comment je ne suis pas transformé en tamis à l'instar de Mémé. Je pige en voyant que j'ai derrière moi, très exactement, la colonne de fer soutenant le montant de la longue vitrine. Cette colonne est double et elle fait à peu près la largeur d'un dos d'homme. Il existe entre les deux un intervalle assez grand, mais par bonheur, aucune praline n'est passée entre et les bastos ont ricoché sur les colonnes... Qui donc disait que les miracles n'ont lieu qu'une fois? Pour bibi ils se produisent à longueur de journée... Je sais bien que dans un bouquin le sympathique héros ne se fait jamais foutre en l'air et qu'à la fin finale, il épouse l'héroïne et lui plombe quatre chiares d'autorité, mais quand même...

Pour un vase c'est un vase... Et qui pourrait contenir toute la flore d'un jardin botanique. Y a des moments où je me demande si le Bon Dieu n'a pas attaché à ma personne toute une escouade d'anges gardiens en renfort...

Par contre, celui de Mémé a dû aller donner un récital de harpe à Pleyel car le pauvre gnard est arrangé de première...

Pour une poitrine farcie, c'est une poitrine farcie... On le filerait à la baille, il coulerait à pic ! La table est pleine de sang. Y en a partout, il m'en est giclé à la frimousse ; c'est une vraie calamité... J'ai l'air du grand chef indien Œil-de-Vraicon, peint en guerre... Mais c'est pas le sentier de la vertu que j'emprunte.

Le rififi est à son comble... Toutes les gagneuses, tous les messieurs qui tortoraient dans l'établissement se sont pris par la main pour s'emmener au bois voir si les lauriers ont repoussé et s'ils peuvent se planquer derrière !

Les perdreaux s'amènent... Ça gueule, ça cavale, ça siffle, ça se barre sans payer, ça se gourre de pardingue ou de portemanteau... Une corrida extraordinaire... Les garçons se sont enfermés dans le frigidaire, la caissière s'est pris un nichon dans le tiroir de son enregistreuse, le chef cuisinier s'est renversé sa bassine à friture sur les valseuses et se met à appeler sa mère... Le patron dit que l'assurance ne marchera pas pour sa vitrine... Les perdreaux me demandent mes fafs... On examine Mémé, lequel est tellement mort qu'on ne peut plus imaginer qu'il ait été vivant...

Moi je file aux gogues pour remettre de l'ordre dans ma toilette.

Les toilettes jouxtent le làboratoire de la pâtisserie car la boîte fait boulangerie-patisserie-bar-restaurant... Là, il y a un vieil ouvrier qui pétrit de la pâte avec conviction. A cause du chahut que fait son pétrin électrique, il n'a rien entendu... Il me sourit gentiment.

— Belle soirée, me dit-il.

— Épatante, fais-je.

— Les nuits sont encore fraîches, observe-t-il avec pertinence.

— Oui, encore, conviens-je.

Je quitte ce digne homme et il plonge dans le pétrin.

Moi aussi !

Maintenant la pâtisserie est pleine de trèpe, mais la clientèle a changé. Les gars qui sont ici ont un casier vierge, croyez-le.

Je m'approche du brigadier qui a regardé ma carte.

— Je suis obligé de filer, lui dis-je. J'irai au rapport un peu plus tard.

— Entendu, monsieur le commissaire...

Je sors. J'ai besoin de prendre un peu d'air. C'est bon de respirer la nuit de Montmartre quand on vient d'échapper à la grande seringue !

CHAPITRE XVI

Je fais le tour du pâté de maisons par la rue Fontaine puis je reviens à ma tire.

J'avais besoin de calmer mes nerfs et c'est maintenant chose faite... Quand le grand toutim se déclenche, il se fait en moi un grand calme. Tout devient précis comme les rouages d'une montre et ma pensée fonctionne admirablement, avec une acuité de devin.

Je me dis que les patrons de Paul tiennent à leur anonymat au point qu'ils n'hésitent pas à prendre des risques énormes. Ils liquident tous ceux qui, de près ou de loin touchaient au Pourri. Ce matin, ils étaient à l'enterrement. Ils m'ont repéré et ont assisté à mon entretien avec Mémé... Ils ont flairé du louche... C'est Mémé qu'ils ont décidé de suivre afin de voir ce qu'il allait maquiller. Ils ont vu. Dès lors sa mort a été décidée. La mienne leur paraissant judicieuse aussi, ils ont voulu faire d'une pierre deux coups...

Je ne pense pas être suivi, mais comme deux précautions valent mieux qu'une j'arrête ma voiture devant une allée à double issue de la rue des Martyrs.

Je ressors de l'immeuble et gagne la station de taxis la plus proche.

— Dis, je demande au chauffeur, tu connais pas une turne qui s'appelle la *Lune Verte,* dans le quartier Trinité?

Il fait un signe affirmatif.

— Rue de Milan...

— Alors, roule!

Dix minutes plus tard, il m'éjecte devant la boîte. Faut descendre trois marches et on débarque dans un vestiaire circulaire où une pépée bien baraquée fait du zèle. Je laisse mon pardingue et une pièce de cinq francs dans ses mains et j'entre dans la salle.

Ça ressemble à une oasis telle que le petit Toto se l'imagine. Y a des palmiers en contreplaqué sur les murs, avec des cactus en carton-pâte et des dromadaires en peluche. Au-dessus du comptoir, une vaste lune de verre justifie l'enseigne de l'établissement.

Trois Martiniquais jouent de la courgette évidée sur une estrade et deux couples de patards se frottent le nombril en cadence. A part ça rien d'autre à signaler sinon une barmaid qui se fait tartir derrière le simili-acajou du bar.

Je vais lui faire un brin de causette.

— Un whisky, dis-je, car je suppose qu'il est obligatoire?

J'avais besoin de calmer mes nerfs et c'est la porte aux confidences.

— Dites donc, Sofia n'est pas là?

Elle secoue la tête :

— Jamais la nuit, elle fait le jour... Du reste aujourd'hui elle n'est pas venue car elle est allée à l'enterrement d'un de ses parents.

— Voyez-vous! Et personne n'a demandé après elle, en fin de journée?

— Si, fait-elle, surprise, comment le savez-vous?

— Pas malin, c'est un pote à moi... Un type aux cheveux gris avec des lunettes ovales...

Je me marre, mais son visage me freine l'hilarité.

— Pas du tout! C'était un grand mince tout rasé, assez jeune, il avait une tenue de chauffeur...

Je soupire.

— C'est le chauffeur de mon ami. Il vous a demandé son adresse?

— Oui.

— Vous la lui avez donnée?

— Non, pour la bonne raison que je ne la connais pas. Je sais qu'elle habite Montmartre du côté de l'avenue Junot, mais c'est tout!

— Que lui avez-vous dit?

— Je lui ai donné le téléphone du patron d'ici en lui disant de lui demander à lui...

— Donnez-le-moi aussi, le bignou du patron...

— Opéra 09-04...

Elle me regarde.

— Qu'est-ce que ça veut dire, tout ça?

— Il y a longtemps que ce type est venu?

— Une heure environ...

« Qu'est-ce que ça veut dire? redemande-t-elle. »

— C'est combien, le whisky?

— Vingt-cinq francs...

— C'est donné, vous allez droit à la faillite!

Je pose trente balles sur le rade et je m'esbigne sans répondre à son troisième « Qu'est-ce que ça veut dire? ». Faut toujours laisser le champ libre à l'imagination des jeunes femmes.

Au vestiaire, je réclame un jeton et je compose le numéro du patron de la *Lune*, après avoir demandé son blaze à la préposée. La sonnerie vrille mon tympan. On décroche. Une voix de métèque demande à qui elle a affaire.

— Monsieur Armalfini?

— Oui?...

— Police...

Le mec a un hoquet à l'autre bout et commence à prendre des vapeurs.

— Mais qu'est-ce que c'est? pleurniche-t-il.

— Chialez pas et ouvrez vos cornets : tout à l'heure quelqu'un vous a téléphoné pour vous demander l'adresse d'une de vos serveuses : Sofia Mongin?

— Oui...

— Vous l'avez donnée?

— Non, j'étais dans mon bain, ma bonne a dit de rappeler... J'attendais, justement je croyais que c'était...

Dieu soit loué!

— Bien, écoutez, ne bougez pas de chez vous avant que le gars ne vous ait appelé. Donnez l'adresse et ne vous inquiétez plus de rien, compris?

— Compris.

— La consigne est simple, mais suivez-la à la lettre car il vous en cuirait, vous m'entendez?

— Parfaitement.

— Alors au plaisir...

Je raccroche, j'endosse mon imper et je me propulse dans un taxi...

***

Décidément, ça s'enchaîne comme dans un drame bien foutu. J'ai eu raison de penser que les « zigotos » qui monnayaient les bons et loyaux services de Popaul finiraient par s'occuper de sa nièce. Le Pourri voyait celle-ci de façon très épisodique, il est donc normal qu'ils n'aient pas eu vent plus tôt de l'existence de Sofia... Mais ils ont su que leur ex-employé possédait une ravissante nièce à laquelle il rendait de lointaines visites et, avec leur système de la « terre brûlée » ils veulent supprimer cette possibilité de risque.

Heureusement que San-Antonio n'a pas de la terrine de canard à la place de la matière grise et qu'il est parvenu à gagner les autres de vitesse.

La porte monumentale du porche n'est pas fermée. Je me glisse telle une ombre jusqu'à la petite cambuse de ma belle.

Grâce à mon sésame, j'ouvre la lourde sans la moindre difficulté. J'ôte mon imper pour avoir la liberté de mes mouvements, et je m'empare de la petite lampe de chevet, celle qui éclaire parfois des paysages qui n'ont rien de champêtre. Je la porte à la cuisine où je la branche.

Ceci fait je reviens au living-room, j'installe un coussin à droite de la porte de manière qu'en s'ouvrant celle-ci me masque automatiquement. Je m'assieds sur le coussin, je prends mon flingue, j'assujettis un silencieux dessus et j'attends en renaudant contre le besoin de fumer qui me tortille.

La faible lumière qui brille dans la cuisine donne à l'appartement une atmosphère de présence. C'est ce que je veux. Si les gnaces que je cherche s'amènent, ils ne douteront pas un instant que Sofia est en train de bricoler dans sa cuisine, et cela me donnera le temps nécessaire pour agir.

Une heure s'écoule sans que j'aie remué le petit doigt. Je me dis que je ne risque rien à mettre la radio. Ça renforcera l'impression d'« habité » et ça m'empêchera de m'endormir...

Je me coule jusqu'au petit poste de radio et je m'offre Luxembourg comme une reine.

Jean-Claude Pascal est en train de sévir. Il dit qu'il aime une femme et comme il est seul devant le micro personne ne se marre.

Après lui, un jeu radiophonique démarre.

Un type est en train de faire une petite fortune en devinant des airs de musique ancienne. Il en est à deux cent cinquante-six tickets lorsqu'un glissement se produit contre la porte. Une ombre se projette à l'intérieur du gourbi par les carreaux. Je fixe mon regard sur le loquet de la lourde. Je le vois tourner lentement. Je crispe un peu mes doigts sur la crosse du pétard. C'est mauvais pour les nerfs, ces séances-là!

La porte s'ouvre lentement. Je me presse contre le mur pour éviter que le battant ne bute contre moi trop tôt, signalant ma présence.

Une longue silhouette s'insinue dans la pièce, s'immobilise un instant comme pour se repérer dans l'obscurité et se dirige enfin à pas de loup vers la cuisine. Je me dresse, sans bruit. Je sais où se trouve le commutateur et je donne la lumière.

Le chauffeur de l'homme aux lunettes ovales est là, un gros lacet de cuir à la main. Il a fait un nœud coulant et le tient tout prêt. Il cligne des yeux à la lumière, lâche précipitamment son lacet et porte la main à sa poche.

— Arrête! j'ordonne d'une voix qui ne laisse pas de place à la fantaisie.

Il s'arrête et me file un regard vipérin. Ce gnace me débecte. Il est raide et glacé comme un esquimau à la vanille, avec le même teint.

— Tu allais à la pêche? dis-je en désignant le lacet.

Il a un mauvais sourire. Puis, sans que rien me fasse prévoir un tel geste il plonge à mes pieds et me saisit par les chevilles. Je vais à dame sans passeport. Mais au moment de basculer, je vide une partie de mon chargeur ce qui me permet de me relever sans subir un nouvel assaut.

Faut avouer que le chauffeur en serait bien empêché : il a ramassé plusieurs balles sur le dessus du crâne et le voilà scalpé comme un Mohican. Ça non plus, ça n'est pas beau à voir !

Domptant ma répugnance je le fouille. Il a sur lui des papiers au nom d'Ernest Flondet, 15, rue Paradis à Marseille, Bouches-du-Rhône. Doit s'agir d'une adresse bidon, probable... A part ça rien qui m'indique où il crèche à Paname !

J'abandonne le corps et je sors jusqu'au seuil de la maison. Je regarde à gauche et à droite dans la rue Lamarck, je ne vois rien. Certainement que le chauffeur a stoppé son tréteau dans une rue adjacente pour ne pas le faire repérer devant l'immeuble. Je relève le col de mon imper que j'ai eu le soin de reprendre et je pars à la recherche d'une bagnole ricaine. Mais balpeau ! Tout ce que je repère, c'est une Lancia bleue à cent mètres plus haut.

J'avance d'une allure de brave gars qui rentre chez lui le cœur en paix. Au moment où je parviens presque à la hauteur de l'auto, le véhicule démarre sec.

J'ai un instant de flottement car je me dis qu'il s'agit peut-être d'une simple coïncidence... Mais je suis le genre de mec qui sait prendre ses responsabilités, contrairement à la plupart des fonctionnaires...

Le bref instant de flottement passé, je défouraille sur les boudins de la Lancia. Si jamais l'occupant est un paisible représentant en bière et limonade, ça va faire un radada de bordel de mouise dans la presse. Je les entends d'ici, les journaleux, ou plutôt je les lis d'ici! La police qui se croit tout permis! Les poulagas toujours prêts à biller sur l'innocent pour en faire un coupable! Les tueurs patentés! Les assassins de l'État! Embouchez les trompettes d'Aïda! Sonnez, braves archers du roy!

Il ne restait plus que trois pilules Pink pour personnes pâles dans mon réservoir à fabriquer du défunt; par bonheur l'une d'elles crève le pneu gauche arrière et la tire se met à zigzaguer dangereusement.

Je prends mes jambes à mon cou et j'arrive à la hauteur du bolide à l'instant précis où il stoppe en bordure du trottoir. Il y a du monde au balcon, je vous jure. Encore une fois, si j'ai fait erreur je ne risque pas d'arranger le coup à l'amiable!

Je parviens à la bagnole au moment où l'homme aux petites lunettes en sort. J'ai un soupir de soulagement en constatant qu'il n'y a pas maldonne.

Ce qui suit se déroule alors comme au ciné quand on enjambe une partie importante de l'action grâce à une succession de plans.

Je fonce sur le type tant désiré mais il tient un gentil Colt 45 qui aboie furieusement. Je n'ai pas d'autre ressource que de me jeter dans la voiture pour tâcher d'échapper à la distribution gratuite. Comme le moteur tourne encore j'embraye et je fonce d'un coup sec en avant. Ça chasse vilain sur l'arrière mais j'ai suffisamment de science du volant pour combattre ce handicap.

Le gars, surpris par cette manœuvre, continue de postillonner de l'acier... Mais je vais si vite qu'il rate la cible, c'est la voiture qui prend. Un dernier coup d'accélérateur qui emballe le moteur. Je suis sur lui. Dans la clarté aveuglante des phares je le vois se détourner pour se sauver, puis il y a un choc, il lève les bras et disparaît. Je stoppe. Le mec est à terre, un pneu de la guinde sur le bas-ventre. Il geint et ses lunettes sont allées valdinguer au milieu de la chaussée.

Je me penche sur lui.

— Faites excuse, cher monsieur, mais aux grands maux les grands remèdes.

Il ne me répond que par un soupir : son dernier !

CHAPITRE XVII

Le Vieux est dans son burlingue. Il y est toujours et à toute heure. Je me suis souvent demandé s'il n'avait pas un vrai jumeau rigoureusement identique qui prenait sa gâche fifty-fifty. Je ne vois que cette explication. Un mec totalisant un pareil nombre d'heures de présence ne paraît pas pensable.

Il est moins tendu que la veille et il joue, dans sa poche, avec un trousseau de clefs ou avec de la monnaie, je ne sais au juste, mais ce ne peut être autre chose qui produit ce bruit métallique.

Il me regarde avec un petit air attendri qui signifie : « Je le savais bien que tu arriverais à un résultat. »

— L'homme que vous avez écrasé, dit-il, est identifié. C'est un Tchécoslovaque du nom de Kazec. Il a été signalé par le M.I.5 comme faisant de l'espionnage. Deux fois il a échappé à la police britannique.

Là un petit gloussement satisfait pour montrer la suprématie de la police française en cette affaire.

— Quant à la voiture, dit-il, elle a été louée à un certain Pétrus Holtz voilà trois jours par un garage du boulevard Gouvion-Saint-Cyr... L'adresse donnée par Holtz est 8, avenue Frémiet!

Il me regarde.

— Je viens d'avoir à l'instant le renseignement, en pleine nuit ça n'a pas été facile... J'ai hésité à envoyer quelqu'un mais j'ai pensé...

— Vous avez bien fait de m'attendre, dis-je. Ça me revient, chef.

— Alors, *good luck!*

S'il se met à jaspiner anglais, c'est la fin de tout!

***

Il est minuit moins dix, presque l'heure du crime, lorsque je parviens avenue Frémiet. Devant la loge de la concierge il y a un tableau des locataires qui m'apprend que M. Holtz crèche au cinquième.

Je prends l'ascenseur. Arrivé à l'étage convenu, je sors un petit trousseau de clefs pêché sur le cadavre de Kazec et je considère le trou de serrure, puis les trois clefs composant le trousseau. J'utiliserais bien mon sésame, mais à quoi bon trifouiller cette brave serrure alors que j'ai la chiave qui la fait obéir...

La lourde bien huilée s'ouvre comme dans un rêve. J'entre dans un appartement feutré au fond duquel brille une lumière rose... Un froissement de papezingue m'apprend que, dans la pièce, un mec lit ou classe des fafs.

Je sors encore une fois ma pétoire. C'est un geste aussi rituel pour moi que celui, si auguste, du semeur.

Un flingue! Toujours un flingue, avec de nouveaux chargeurs! Des dragées qui volent, des hommes qui s'écroulent, du raisin qui coule! Des menuisiers qui clouent des planches. Des fossoyeurs qui creusent un trou! Des anges qui découpent des auréoles dans de la lumière dorée, ou bien des démons qui se font livrer de l'anthracite russe!

Le métier, quoi! Le sale boulot... Celui qui dresse les hommes les uns contre les autres, pareils à des fauves sans intelligence. Le danger des hommes vient des hommes. Ils n'ont presque qu'eux à redouter... Ils portent leur mal en eux...

Merde! v'là que je philosophe! C'est pas le moment du tout!

Je m'avance lentement vers la zone de lumière. Une voix d'homme lance une question dans une langue inconnue. Et cette question m'est destinée, car le mec me prend pour Kazec.

Je pousse la porte et je me trouve en face de Holtz. J'ai un instant de flottement en considérant cette grosse bouille chauve à lunettes dont les oreilles s'ornent de grosses touffes de persil.

— Professeur! dis-je. Comment allez-vous depuis l'autre nuit?

Le mec regarde mon pétard, puis il me regarde.

Il lève les bras sans que j'aie à le lui demander.

La vie est marrante tout de même; tellement pleine de surprises.

Le gars kidnappé dans le train! J'en ai déjà vu de raides, comme disait Charpini qui s'y connaît, mais j'avoue que je suis un brin surpris.

Je pige tout, très vite.

— Vous êtes très fort, admets-je. Très fort. Holtz... Vous vouliez absolument réussir ce coup-là... Votre suprême habileté, sachant que j'étais parmi vous, a été de procéder à deux enlèvements : un faux au cours duquel vous jouiez le rôle de la victime — à la perfection, je le reconnais... Et un vrai, que perpétraient

Kazec et le chauffeur! Vos kidnappings ont toujours réussi grâce à cette ruse... Vous employiez des gens du milieu pour faire un boulot inutile et ainsi donner le change... Grâce à ce simulacre, vous pouviez agir plus librement.

Je me tais... Il n'a toujours pas dit un mot. Il sourit, s'assied et débouche un flacon de whisky. Il se verse un verre et boit calmement.

Puis, avec un accent indescriptible, il murmure :

— *Excuse me, I do not speak french!*

— Ça ne fait rien, dis-je on va t'offrir un lexique...

Je vais à lui et je lui balance un coup de crosse sur la nuque. Il se répand dans le fauteuil et son caillou tourne au rose bonbon.

— Va te faire aimer, je murmure, ça te donnera des couleurs...

Pendant qu'il flotte dans les limbes je fouille l'appartement. J'ai l'immense satisfaction de découvrir une salle de bains assez particulière, en ce sens qu'elle ferme au verrou et qu'à l'intérieur un vieil homme est enchaîné au moyen de menottes après la tuyauterie de la baignoire.

— Professeur Hans Mutter, sans doute? je demande.

Il a un signe affirmatif.

— Police française, ajouté-je. Très heureux de faire enfin votre vraie connaissance, professeur; je crois que j'arrive à temps, n'est-ce pas?

Il le croit aussi.

P.P.C.

Le lendemain, sur les choses de midi, je sors de l'*Hôtel des Quatre-Dauphins* où je suis venu rejoindre Sofia au milieu de la nuit.

Pendant que je cigle la chambre, le patron, qui est un vieux pote, me dit :

— Tu ne changeras pas : quand tu es avec une polka, faut que tu la fasses bramer toute la nuit. T'as filé le tricotin à la moitié de ma clientèle, ce qui est mauvais pour les sommiers ; et l'autre moitié s'est plainte du tapage...

Je souris.

— Pardonne, gars, c'est une vieille manie que j'ai contractée en quittant le collège...

— T'es un dur ! conclut-il.

Je suis frappé de cette appréciation. Je me rappelle les paroles du Vieux qui me disait : « San-Antonio, puisque vous aimez jouer au dur... »

Un dur, est-ce que ça existe vraiment ?

Sofia me tend son bras délicat...

— A quoi penses-tu? demande-t-elle.

— Sofia, interrogé-je, à ton avis, suis-je un dur?

Elle glousse :

— Sans aucun doute, mon chéri... Et un vrai!

FIN

ACHEVÉ D'IMPRIMER LE
21 AVRIL 1976 SUR LES
PRESSES DE L'IMPRIMERIE
BUSSIÈRE, SAINT-AMAND (CHER)

— N° d'impression : 1799. —
Dépôt légal : 3e trimestre 1976.
Imprimé en France

7,00

PUBLICATION MENSUELLE